巳　午　未　申　酉　戌　亥

♈ ♉ ♊ ♋ ♌ ♍ ♎ ♏ ♐ ♑ ♒ ♓

十二大戦対十二大戦

西尾維新
中村光

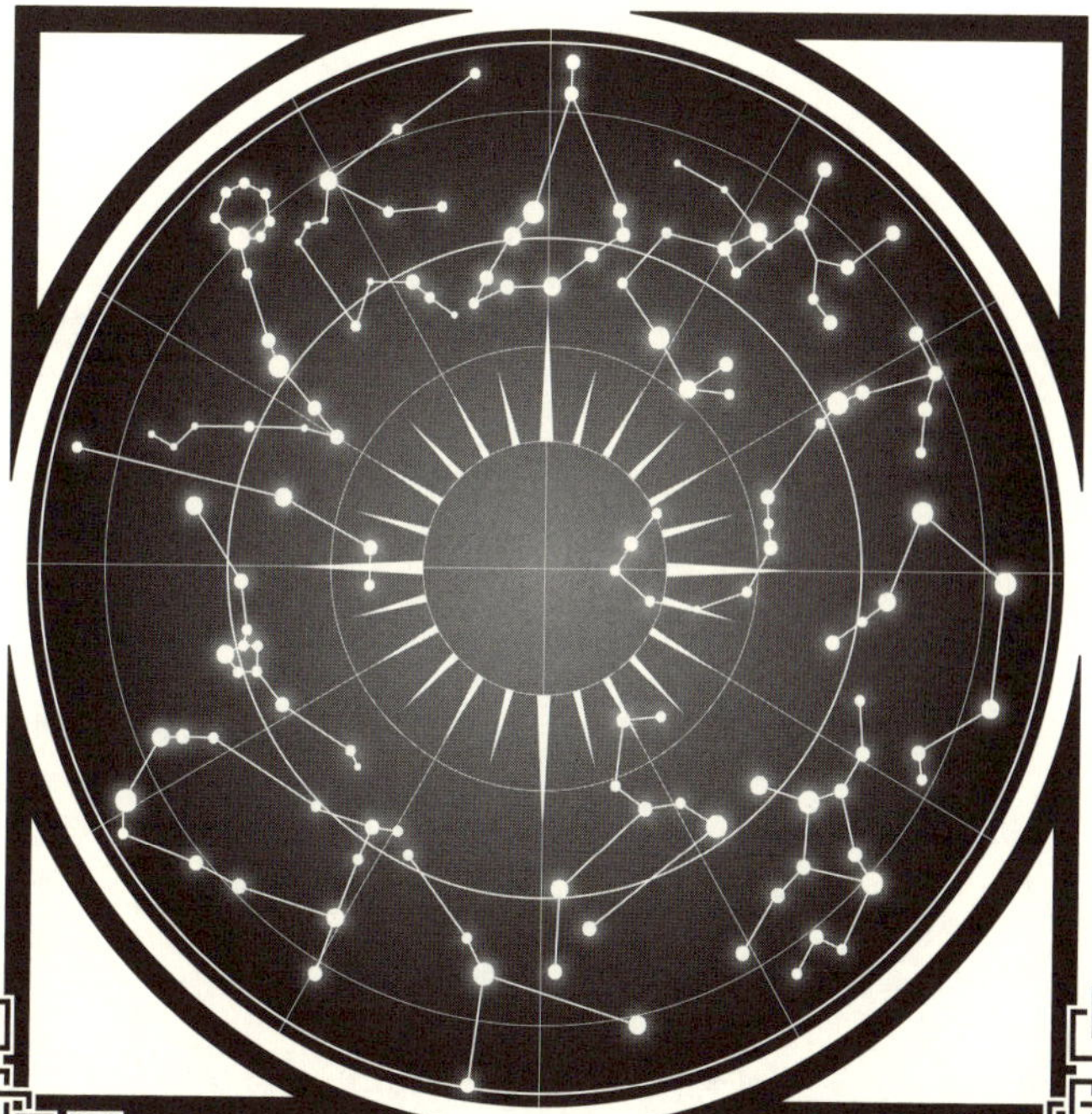

装丁◉Veia

十二大戦対十二大戦　目次

第一戦

岐路亡羊

本名・メーランド・シェリー。四月四日生まれ。身長155センチ、体重45キロ。罪名・捕虜虐待。世界に冠たる大手服飾ブランドの会長を父に、一流モデルを母に持つ彼女は、その恵まれた生まれを必ず世界に還元しなければならないという強烈な使命にかられ、十代前半から戦場ボランティアへ志願する。森林限界よりも遥か高地の戦場で、国のために戦う立派な兵隊さん達に、せめて暖かいセーターを提供するという活動に力を入れていたが、用意したウールが尽きたとき、敵国の捕虜を殺して現地調達した毛髪や皮膚、筋肉や内臓をフルに使って縫製した防寒着を、兵隊さん達に無料配布したことが中央政府及び国際社会を揺るがす大問題になる。そんなあ、みんな、『羅生門』を読んだことがないの？　しかもそれらを、かろうじて生き残った捕虜にも惜しみなく提供した底のない善意が、なんと虐待だと非難される。戦士としての特性は、一言で言うと催眠術。どんな敵も百秒以内に眠らせる。母親の勧めを断り切れず読モを務めたことがあり、その際はあまりに恥ずかしい辱《はずかし》めに耐えられず、私財を投じて該当の雑誌をすべて買い占めた。

1

「『牡羊《おひつじ》』の戦犯――フレンド・シープ」『牡牛《おうし》』の戦犯――ルック・ミー」『双子《ふたご》』の戦犯――ダブル・マインド」『蟹《かに》』の戦犯――サー・カンサー」『獅子《しし》』の戦犯――ダンディ・ライオン」『乙女《おとめ》』の戦犯――アイアン・メイ」『天秤《てんびん》』の戦犯――バロン・スー」『蠍《さそり》』の戦犯――スカル・ピョン」『射手《いて》』の戦犯――ウンスン・サジタリ」『山羊《やぎ》』の戦犯――ゴー・トゥ・ヘヴン」『水瓶《みずがめ》』の戦犯――マペット・ボトル」『魚《うお》』の戦犯――ドクター・フィニッシュ」

「以上、十二名の戦争犯罪人。いわゆる十二星座の戦犯を捕らえることが、あなたがたが挑む今回の――第十二回十二大戦のテーマとなります。紳士淑女の戦士達、どうぞご存分に絆を結び、一致団結して臨んでくださいませ。望んでくださいませ。エヴリバディ・クラップ・ユア・ハンズ!」

2

その海上都市は、最新鋭の工学技術の粋を集めて作られた人工島であるにもかかわらず、ところ狭しと地表に配置されているのは、世界中から力ずくの金ずくで集められた古めかしい巨大建造物や古代遺跡、果ては根っこから掘り起こされた原生林や荒らされまくった化石の山ばかりというなんとも言えないバランスの悪さだった。よく言えば博物館のごとくだが、悪く言うまでもなく、普通に言えば悪趣味なパズルのジオラマである。十二大戦の主催に関わる『有力者』の一角が、連綿と続く戦争被害から守るべき人類の遺産を保護するために計画した海上都市であり、むろん、地図には載っていない――文化的にはともかく倫理的にとても載せられない。人口ゼロ人のその島に、今、十二名の人間が集められていた。十二名の戦士が集められていた――島の中央に位置する、やはりいずこかから移築されてきた、西洋調の城砦の大袈裟なくらいのボールルームに、である。シチュエーションの華やかな雰囲気が空々しいほど、十二名は互いに牽制し合うように、際どく距離を取り合っている。牽制し合うように――と言うより、どことなく居心地悪そうに――と言ったほうが正確かもしれない。（さもありなん。殺し合うために集められたとばかり思っていたら、『手を取り合って仲良くしなさい』って言われたんだからな）と、寝住《ねずみ》は思う。『子《ね》』の戦士・寝住。この場にいる十二人の中で、おそらく最年少の戦士である。

「――とりあえず、自己紹介でもしてみるか？　制限時間は切られてねーけど、ぼやっとしてても仕方ねーだろ。日が暮れちまうぜ。それとも、この中に夜行性の奴、いるの？」と、探り合いの空気の中、あえて茶化すような笑みを浮かべて提案した者がいた。「蛇に睨まれた蛙ってわけでもあるまいし、こんな睨み合いをしていても著《いちじる》しく無意味だぜ。言うだけ言ってふいっとどっか行っちまった、審判員だっつー、あのシルクハットのオジサマの言うことが本当なら、今回に限っては、俺達十二支の戦士は隊列を組まなきゃなんねーんだろ？」（……断罪兄《たつみ》弟・弟か）自己紹介をされるまでもなく、住は特定する。眠気をこらえながら――断罪弟を知っているのは、彼が有名だからではない。隣に立つ双子の兄、断罪兄ともども、どちらかと言えば闇に潜むタイプの戦士だ。十二大戦でもなければ、ふたりとも表に出てこない――にもかかわらず、双子の区別がつくほどに住が彼らを知っているのは、別の戦場ならぬ、別の世界軸で、彼らと戦った経験があるからだ。およそ四十五度ほど。（膠着《こうちやく》状態を打破してくれるのはありがたいけど……、おふざけ半分おもしろ半分で仕切られても……、困るんだよな……）

こんな奇跡のような世界軸を、お茶らけで台無しにして欲しくない。できれば『申《さる》』の戦士・砂粒《しやりゆう》あたりに仕切って欲しいものなのだが――と、彼女のほうに目をやると、それこそ有名な、戦場に知らぬ者のいない極度の平和主義者は、むしろ輪の外側にいた。先刻確認したときよりも一歩後ろに引いている。（何か感付いてやがんのか……？　いや、それはない……絶対にない……）ないと思いたい。信じたい。なにせ起死回生の乾坤一擲《けんこんいってき》だ。もっと言えばただのまぐれで、ミラクルだ――だからこそ、この可能性を大事にしたい。第十二回十二大戦……、そんな馬鹿げたイベントを、中止に追い込めるチャンスを、とてもじゃないけれど失えない。

3

　十二大戦。その戦いに勝利した者は、どんな願いでもたったひとつだけ叶えることができる、十二支の戦士による代理戦争――そんなアホらしい戦いには死んでも参加したくなかった、でも死にたくなかった戦士・寝住は、十二年に一度の乱痴気騒ぎを回避するために全力を費やした。具体的に言うと、戦争への『招待状』を受け取った瞬間に、確率世界への干渉力『ねずみさん《ハンドレッド・クリック》』を容赦なく使いまくった――百通りの確率世界を同時に体験する戦闘技術を、戦いを避けるためだけに使用した。百通りのルートを、更にそれぞれ百通りに分岐させるような無茶さえした――あとでどんな副作用が起こるかわからなかったが、戦争を避けるためなら、あとは野となれ山となれだった。多くの試みは無駄だった。そもそもひとりの人間の前に、選択肢はそう多く出現しない——百通りのルートを同時に歩めるスキルというのは、所詮理想値でしかなく、どう足掻《あが》いたところで、十二支の戦士は殺し合った。あるときは『丑《うし》』の戦士が。またあるときは『寅《とら》』の戦士が。またまたあるときは『卯《う》』の戦士が。またまたまたあるときは『辰《たつ》』の戦士が。またまたまたまたあるときは『巳《み》』の戦士が。またまたまたまたまたあるときは『午《うま》』の戦士が。またまたまたまたまたまたあるときは『未《ひつじ》』の戦士が。またまたまたまたまたまたまたあるときは『申』の戦士が。またまたまたまたまたまたまたまたあるときは『酉《とり》』の戦士が。またまたまたまたまたまたまたまたまたあるときは『戌《いぬ》』の戦士が。またまたまたまたまたまたまたまたまたまたあるときは『亥《い》』の戦士が。そしてまたあるときには——百回に一回くらいは、『子』の戦士・つまりは住が優勝したりしたものの、戦争を避けるルートは存在しないかに思われた。

このルート以外。

何がどうなってこんな頓狂な分岐に乗ったのかはわからない。不明と言うより意味不明だ。パラレルワールドという表現は『ねずみさん《ハンドレッド・クリック》』的には元より正確さを欠いているのだけれど、それにしたって平行というには、度を超してエキセントリックな角度である。いったい『子』の戦士のどんな選択が、どんな行動が、功を奏したのか——いや、きっと功を奏してなどいないのだ。（レバガチャっつーか……、たぶん、ゲームブックの誤植か、乱丁みてーなもんだ……、さぞくだらねー凡ミスだ。能力を駆使……、酷使し過ぎたせいで、『ねずみさん《ハンドレッド・クリック》』の百通りの選択肢に、百一番目のチョイスが生まれちまった）これを能力の成長だとは思わない。思えない。副作用ですらない。むしろ致命的なバグであり、破滅的でさえある——たぶん、近い将来に避けようのない落とし穴が待ち構えている。それでも、それを重々承知した上でも、この可能性は——このルートは、あまりに魅惑的過ぎた。追求せずにはいられない——溺《おぼ》れずにはいられない。（十二戦士が殺し合うことなく、どころか協力して、犯罪者を退治するルート——これが奇跡でなくてなんだ？）

4

「あのいかにも無責任そうな審判員——ドゥデキャプルとやらは、確かこう言っていたと思うがね。『生死問わず、十二星座の戦犯を捕らえたあかつきには、あなたがた十二戦士、全員の願いごとを叶えてさしあげましょう』——随分な大盤振る舞いではあるものの、それゆえに、まったく信用できないとは思わないかね？」『丑』の戦士・失井《うしい》が言った——『巳』の戦士・断罪弟の仕切りをほぼほぼ無視する形になる提言は、なるほど、住が別世界で殺し合ったマイペースな彼らしさだ。鋼《はがね》のようなマイペース。彼が『皆殺しの天才』でなければ、好戦的な断罪兄弟は決して黙っていなかっただろう——ただ、その疑問に答える者も、またいなかった。

確かに、たったひとりの優勝者が、たったひとつの願いを叶えるからこその十二大戦である——それが基軸であり、または主軸であり、毎回変わるという十二大戦のテーマを達成したからと言って、参加者全員の願いが叶えられるとなると、ほぼ本末転倒である。十二大戦の意義が——ひいては、運営サイドの器量が問われることになりかねない。大盤振る舞いどころか、満額回答もいいところだ。慈善事業である、これでは。（この確率世界を選択したのは『俺』

だが……、どっこいその張本人にも、わかんねーんだよな……、いったいあの審判員は、何を企んでいる？）ドゥデキャプルと名乗ったあの初老の男――間違いなく本名ではない偽名だろうし、それを言ったら初老かどうかだって怪しいし、もっと言えば男かどうかも不明瞭という他ない、しかし便宜的に初老の男、暫定的にドゥデキャプル――ひいてはその背後で糸を引いているであろう、いわば『十二大戦運営委員会』の意図が汲めない。（もちろん、そんな組織が実在するとしたらだが……）なぜ彼らは、十二戦士を共闘させようとする？　そこまでして、十二戦犯を捕らえようとする？　ミステリーだ。（もっとも、ここに雁首《がんくび》並べている十二戦士の全員が、こぞってわけのわからないまま集められているとは限らない――事情を知りながら、黙っている奴もいるかもな）特に輪の外で、不自然に沈黙を保っている平和主義者、『申』の戦士・砂粒が、何の前情報もなくここにいるとは思えない……、住とはスタンスが違うが（違い過ぎるぜ）、彼女もまた、どの世界軸においても、十二大戦を中止に追い込もうと努めた『戦争交渉人』である。（そして、それを言うなら、前回大会の優勝者の家系であり、主張が強いごりごりの強硬派であるはずの『亥』の戦士・異能肉《いのうのしし》の大人しさも気にかかる……、あの辺は、少なからず事情に通じているのかもな）だとすれば思考材料を共有したい。戦士同士の殺し合いの発生しないこの世界軸がイレギュラー中のイレギュラーなのは確かだとして、生き残りやすいルートかどうかは、また別問題なのだ。確かにこれは、正規の十二大戦ではない――だが、正規じゃない十二大戦が、正規の十二大戦よりも人道的で慈愛に満ちている必然的な理由はない。と言うより、普通に考えて、異常な十二大戦は、異常な結末を迎える可能性のほうが高かろう。（極端な話、疑問を呈《てい》した『丑』の戦士とて、当てがついてないとは限らないぜ。情報戦や腹の探り合いに強いとは言えない戦士だが、すげー直感の持ち主だったからな）何回殺されたかわからない。数えるのも馬鹿馬鹿しいし、とにかく強過ぎて、それらの敗北からは何ひとつ学べなかった——唯一教訓があるとすれば、『失井に逆らってはならない。へこへこ諂《へつら》え』くらいのものだ。まあ、実際にはああも清廉な戦士に、媚《こ》びや諂いは逆効果だろうが。（ああ——眠い。干渉力を使い過ぎだ。俺と来たら、今もまた、別の世界軸で、『丑』や『戌』に殺されまくっている……、このルートも大事だが、他のルートもおろそかにはできねえ。同時プレイは骨が折れるぜ。とにかく、ここはもうしばらく、様子見か……）住がそんな消極的な判断をするのと、

「けっ！　馬鹿馬鹿しい。付き合っちゃらんねー、あたいは好きにやらせてもらうぜえ」

と、『寅』の戦士・妬良《とら》がボールルームから出ていくのは、ほぼ同時だった……、ふらふらした足取りで、まるで酒に酔っているかのような千鳥足だったが、それにしては固定的な均衡状態を破るに足る奇妙なほどの早足で、誰も止めることができなかった。そのことに全員、少なからず驚いているようだった——傑物全員が彼女に隙《すき》を突かれたも同然だからだ。（俺は驚

きはしないがね。酔拳使いの戦士・妬良――雰囲気こそあの通り皆無だが、体術なら断トツのぶっちぎりだ。そう言や、あいつは失井の旦那と、因縁があるんだっけ……）だから『丑』の戦士からの問いかけに、感情的になったのかもしれない。とにかく彼女は、およその世界軸でも、『皆殺しの天才』に対して反抗的で、敵対的だった――殺し合う世界軸ではそれで上等なのだが、この奇跡ルートの世界軸に限っては、あの態度はいただけない。あの酔っ払いの個人主義は、団体行動の状況に悪影響をもたらす。案の定、

「……………」

無言のままに、この場で一言も発することのないまま、『午』の戦士・迂々真《ううま》が、妬良とは逆方向に、出て行った――絶対防御の戦士、迂々真。ディフェンダーの巨漢は、何かと攻めに偏りがちなチーム十二戦士においては最重要人物になると勝手に皮算用していただけに、ここで立ち去られたのは、住にとって痛い――ただ、今度は妬良の場合と違って、それが不可能ではなかったものの声をあげて引き止めるわけにもいかなかった。目立つ行動は控えたい。今のこの状況が、住の『ねずみさん《ハンドレッド・クリック》』あってのものだと、万が一にも他の戦士達には知られたくない。（万が一っつーか、『百が一』だが……）だが、このままではずるずると、櫛《くし》の歯が抜けていくがごとし、だ。双子の兄弟である断罪兄弟を別にすれば、元々タッグバトルに向いている

とは言えない個性ばかりである十二戦士――このままでは、殺し合いこそ発生しなくとも、チーム戦など夢のまた夢である。どうしたものかと住が手をこまねいていると、その流れをせき止めるように、あるいは流れをぶった切るように、「確かに運営の意図は詳細不明だけど、なんであれ僕は、みんなと協力したいと思っているよ。ここで会ったのも何かの縁じゃないか」と、声をあげた戦士がいた。『卯』の戦士・憂城《うさぎ》だった。

5

「僕はこういうチャンスをずっと待っていた。みんなと一緒に戦うチャンス――みんなとお友達になるチャンス。生きた人間と生きた友情を築きたいと、僕はずっとずっと期待していたんだ」そんな彼の言葉を、鵜呑《うの》みにする戦士がいるとは、住には思えなかった――『寅』と『午』が去り、ボールルームに残った戦士の数は十人。否《いな》、仮にこの場に百人戦士がいたとしても、『卯』の戦士は、抜きん出て異様な風体だった――さもありなん。彼は最強の戦士ではなかったし、最注目の戦士でもなかったが、どの世界軸の、どんなルールの十二大戦においても最殺戮《さつりく》――もっとも殺した戦士だった。異質としか言いようのない、殺されながら笑ってしまうほどの殺しっぷりだった――今も別世界で、総計何人の戦士が殺されているか咄嗟《とっさ》には数え切れない。それが『体験』としてわかるのは住だけだが、しかし他の戦士にも、『体感』として、そういうニュアンスは通じるものだ。「戦争犯罪人なんて、ただでさえ、許せないしね。そういう悪党を退治するのも、僕達戦士の大切なお仕事でしょ?・」ランニングマンのステップを踏みながら続けられる言葉も、実に白々しい。住の角度から、『未』の戦士・必爺《ひつじい》が手持ちの爆弾、別の世界軸でさんざん苦しめられた『醜怪送り《しゅうかいおくり》』に手をかけるのが見えた――まずいまずい、眠気を振り払えずにいる間に、最悪の事態だ。前向きな発言をしただけで一触即発になるとは、『卯』の戦士の際疾《きわど》さが際立つ――結局このイレギュラーな世界軸でも目もあてられない殺し合いになってしまうのかと住が眠気の飛ばない頭を抱えかけたところ、

「僕は『死体作り《ネクロマンチスト》』だよ」

と、更に憂城は続けた。「死体とお友達になるのが僕の特技だよ。このささやかなスキルは、だけどデッドオアアライブの捕物帖には、それなりに役立つと思うんだ。一緒に使いかたを考えてくれると嬉しいな。嬉しいな」その発言に、場の空気は一変する――戦士としての切り札の開示。打算も計算も感じられないその開けっぴろげな先手に、さすがに誰もが反応せざるを得ない――また、その切り札は、確かにこの状況には有効過ぎた。(俺は別世界で体験して、

皮膚感覚で知っていたが——）『死体作り《ネクロマンチスト》』。殺した相手を自陣に組み込む、死をも恐れぬ能力——団体戦では、とことんチートと言っていい裏技だ。戦犯側がチェスで、戦士側が将棋をしているようなものである——殺した相手を味方にできるというのだから。（どこまで考えて喋ってやがるのか、この世界軸でも謎だ……本当になんなんだ、こいつは）打算も計算も感じられない、『卯』の戦士——しかし、これは戦況をコントロールしたい住にとって、なんとも嬉しい誤算だった。そう言えば、十二戦士の中で、チームプレイができるのは断罪兄弟くらいのものだと頭から決めつけていたけれど、死体相手のコミュニケーション能力に限れば、憂城もまた、ラビット一味を形成するだけの抜きん出たリーダーシップは有していた。むろん、彼に仕切らせるわけにはいかないにせよ。（敵に回せば恐ろしいが、味方につければこんな頼もしい奴も——いや、そこまでではないな）味方につけても恐ろしいことに違いはない。左右の両刀『白兎《しろうさぎ》』と『三月兎《さんがつうさぎ》』で、背中をぶっすり刺されるリスクは、常に抱えておかなければならない——ならないが。「犯罪者が許せないっていうのは、確かにそうですね！　はいはいはい！　わたしも及ばずながら力にならせて欲しいと思いまーす！」賛同者が現れた。誰かと思えば『酉』の戦士・庭取《にわとり》である——陽気にはしゃいだ声色で、何も考えていないかのような天真爛漫さだが、彼女がただそれだけの戦士でないことを、住は知っている。よくよく知っている。（気弱だけれど弱くなく、強くはないが強《したた》かに——力はなくとも無力ではなく、賢くないなら小賢《こざか》しく——だっけ？）『卯』の戦士の発言や提案の裏を読むのは正直言って無意味だが、

『酉』の戦士が相手となると、細心の注意が必要だった――常に周囲を出し抜くことを企む、およそ見た目からは想像のつかない、知略派の戦士なのだから。ただ、何を企んでいるにせよ、このミーティングフェイズにおいては、そのアホっぽさはありがたかった――今は停滞こそが手痛い。

「第十二回十二大戦のテーマが、十二戦犯の捕獲ということは、戦闘フィールドであるこの海上都市に、既《すで》に十二戦犯の面々も、上陸していると考えていいのかね――ゲストとして招かれていると考えていいのかね」流れのまま司会役を務める気になったのか、それとも『卯』の戦士や『酉』の戦士が作りかけた雰囲気を一旦止めるはからいなのか、『丑』の戦士がそう話を進めると、「言うならここは、流刑地――監獄島というわけですかのう。ドゥデキャプル氏は、そういう思想の持ち主なのでしょうか、最小限の情報しか儂《わし》らに与えませんでしたが、そこも含めて、戦争ということですかのう」と、『未』の戦士が受け継いだ。そのいかにもな口ぶりから察するに、第九回大会の優勝者であるこの老戦士は、背後に見え隠れする事情を、まるで知らないわけではないらしい――情報を共有したい。「わたくしが独自に入手した情報によりますと、十二戦犯のほうには十二戦犯のほうで、わたくし達十二戦士を狩りたい理由があるようですわよ？　わたくし達にモチベーションがあるよう、彼らにも叶えたい願いがあると見るべきでしょうね」すると、『亥』の戦士が、そこに割り込んだ――優雅で上品な彼女も、傍観のスタイルに飽き、ここらで会議に参加することにしたらしい。（いいぞいいぞ。もっと喋ってくれ）それだけ生存率が上がる——跳ね上がる。

「つまり十二戦士対十二戦犯だね。その人達ともお友達になれないかな？」「無理でしょうね。わたくし達と違って、およそアブノーマルでしかない、悪名高い犯罪者達ですわ。先ほど審判員の彼があげた名前を、ひとつくらいは皆さん、お聞きになったことがあるのではなくて？」「むろん。我々が追うまでもなく、世界中の捜査機関が常に捜索している十二人と言っても過言でもないがね」「戦地からも追われた十二人の戦犯——平時は武器商人を営む儂でも、取引をお断りしたい相手ですのう」「はいはいはいはい！　誰か、知り合いの人がいたりしませんか？面識がある人でも——連絡が取れるようなら」「だけど——」「そうですわね——」

『丑』と『卯』と『未』と『酉』と『亥』の五人が、会話を回し始める——別世界で激しく殺し合った五人であったことも思えば、住は万感の思いだった。何も達成していないのに、この光景だけで、感動しそうになってしまった——無数の世界軸を同時に体験し続けることで、すっかり精神性のすり減った少年兵には、これはとても珍しいことだった。だが、いくら感動的でも、それだけに見入ってはいられない——会議に参加せず、五人のやりとりを見守っている戦士のほうを見るべきだ。住自身もそう思われているに違いないが——（『戌』の戦士・怒突《どつく》と、『辰』と『巳』の戦士・断罪兄弟が様子見なのは、まあわかる。この三人は、戦士の中では、どちらかと言うと、犯罪者寄りの思考の持ち主だからな。仕切ってる失井の旦那みてーなエリートより、十二戦犯のほうに共感しちまうのかもしれない。それこそ、ひょっとすると十二星座の戦犯の中に、知り合いがいるのかもな――ただ）奇妙どころか不気味でさえあるのは、やはり『申』の戦士・砂粒が、未《いま》だ一歩引いた姿勢を崩さないことだ。平和主義者で理想主義者で、どんな局面でも対戦相手との和解を至上目的とするナイスガイならぬナイスガールにとって、（二名去ったとは言え）十二戦士が手を結び合おうとするこの状況は、喜ばしいものでこそあれ、そんな風に眉を顰《ひそ》めるようなものではないはずなのに。まるで他に気になることがあるかのように、上の空だ。（俺の干渉力に気付いている……、というわけでもなさそうだ。もう少し大局を見ているって感じかな……、俺なんかよりももっと、広く）百通りどころではない順列組み合わせを想定し、それで楽観的になれずにいるのかもしれない。（正直に言うと、俺としては『弱き者』の気持ちがわからない天才肌の失井の旦那や、まして酔狂肌の憂城よりも、優しい砂粒さんにリーダーを務めて欲しかったんだけどな……、まあ、仕方ない）
「となると、先ほど去ったふたりを呼び戻したほうがよさそうだがね。こちらの足並みが乱れていると、犯罪者達につけ込まれかねない」と、『丑』。「巨漢の彼は、私が連れ戻そう。彼とは気が合いそうだからね。誰か、女の子のほうを追ってくれないかね」「はいはいはい！　じゃあわたしが！　女の子同士、盛り上がっちゃいますよおっ！」「その前に、自己紹介は終えておいたほうがよくありませんこと？　高貴なるわたくしのことを知らないかたはまさかいないでしょうけれど、全員が有名人というわけでもないでしょう」『亥』の戦士・異能肉が、出発点に話を戻した。さすがに断罪弟が何か言いたそうに気色ばんだが、それよりも先に、

「『亥』の戦士──『豊かに殺す』異能肉」

と、彼女は高らかに名乗った。「へえ。ぜんぜん知らなかったぜ。干支《えと》にイノシシとかいたのかよ」憂さ晴らしみたいに茶々を入れた弟を「まあまあ」と制して、

「『辰』の戦士──『遊ぶ金欲しさに殺す』断罪兄弟・兄」

そう双子の兄が名乗ったのを受け、

「『巳』の戦士──『遊ぶ金欲しさに殺す』断罪兄弟・弟」

弟も並んだ。最終的にどう行動するかはさておき、とりあえずこの双子も、十二戦士として共闘することを選んだらしい。

「『酉』の戦士──『啄《ついば》んで殺す』庭取ですっ!」

「『卯』の戦士──『異常に殺す』憂城」

「『丑』の戦士——『ただ殺す』失井」
「『未』の戦士——『騙《だま》して殺す』必爺」

そして続いたそんな四人の名乗りを受け、いかにも渋々と言った調子で、

「『戌』の戦士——『噛んで含めるように殺す』怒突」
「『申』の戦士——『平和裏に殺す』砂粒」

沈黙の二名が、初めて口を開いた。(驚いたもんだな。俺も多種多様な世界軸を見てきたが、文字通り犬猿の仲だった『申』と『戌』が、歩調を揃えるのは初見だぜ)まあ、さすがにたまたまだろうが……、それに、ここから先、犬猿の仲どころか、本来は殺し合う仲である十二人が、仲良しこよしで戦わねばならないのだ。そのくらいのサプライズに、いちいち細かく仰天してはいられない。住が改めて眠気を振り払い、気を引き締めていると、「きみは？　名乗らないのかね？　残る十二支は、『子』か『寅』か『午』ということになるがね……、それともここに来て、そもそも私達との共闘には反対かね？」と、失井から直接、話を振られた——おっと、最後まで沈黙を続けたのは、自分だったか。意に反して悪目立ちしてしまった——まあ、名乗るまでもなく、住が『子』なのか『寅』なのか『午』なのかは、ご覧の通り一目瞭然だと

は思うが。なんにせよ、この確率世界を選択した住が足並みを乱しては話にならない。あえて億劫《おっくう》そうに、あえて眠気を隠そうとはせずに、名乗ろうとした。

「『子』の戦士——『うじゃうじゃ殺す』寝住」

いかにもかったるそうに、いかにも気だるげに、そう名乗ろうとした——しかし「ふぁあぁ」という欠伸《あくび》と共に、口をついて出た名乗りは、

「『牡羊』の戦犯——『数えて殺す』フレンド・シープ」

だった。そして同時に住は——『住』は、サーベルを一閃させ、失井の首を撥《は》ねていた。どんな世界軸でもありえなかった、それは大物喰いだった。(ああ。そうだ、俺は『子』の戦士・寝住じゃねえ——奇跡なんて起こっちゃいないんだ。俺はとっくに殺害されている。俺はとっくに戦死している。俺は、俺という『お洋服』を着た戦犯——自己催眠から解き放たれたフレンド・シープなのよん、めえめえっ!)

死体が一四、死体が二四。

6

戦争は既に始まっていた。十二大戦対十二大戦。

（戦士10──戦犯12）
（第一戦──終）

第二戦

馬に乗るまでは牛に乗れ

ルック・ミー◆
『赤ちゃんが欲しい。』

本名・ルーク・ミッシェル。五月五日生まれ。身長185センチ、体重66キロ。罪名・未成年者略取。戦地生まれの嬰児《えいじ》のみをターゲットにした連続誘拐犯として有名だった。自分の子供だと信じ込んでの犯行だが、そもそも彼女に生物学的な意味での『我が子』はいない。というのも、彼女の戦士としての才能は『想像認信《イマジナリーチャイルド》』であり、対戦相手の遺伝子と自分の遺伝子を融合させた、まったく新しい戦士を瞬時に生み出せるものだからだ——ただし新生児の生存期間は約五分。どろどろに溶けた『我が子』を偲《しの》び、彼女は今日も赤子を捜し求める。ちなみにさらった赤ちゃんは手厚く育て、赤ちゃんではなくなったら、親元に帰す。意外と探偵能力が高く、生きている限り実の両親を絶対に見つける。ただし命名センスはなく、勝手につけた名前は実の両親には例外なく不評である。

1

（ぐるるう。なーんか気に入らねえんだよなあ）『寅』の戦士・妬良は、人工島の海岸線を歩みながら、そんなことを思う――彼女の行動には基本的に一貫性がなく、理屈も理念もないことが多い。古城のボールルームからいち早く離れたのも、『なーんか気に入らねえ』以外の理由はない――少なくとも言葉で説明はできない。（あの天才さまは、あたいのことなんか、ぜんぜん覚えてねえみたいだしよお――けっ。のっけからやる気をごっそり削《そ》がれたぜ）そもそもやる気なんて、最初からあったかどうかも怪しい――おそらく十二戦士の中で、もっとも十二大戦へのモチベーションの低い戦士が、良である。常に戦意喪失状態。いい加減で酔いどれで、およそ予定というものを守ったことがない彼女が、第十二回十二大戦に参戦した理由は、『叶えたい願いがあったから』ではなく、『伝説の戦士と再会するため』だったので、ある意味、あのボールルームで顔を合わせた時点で、目的は達成されたようなものだった。（いや、ぜんぜんされていない――むしろ、顔を合わせたことで、あたいの目的は達成できなくなっちまった……あたいの『願い』は。ぐるるう）それは『子』の戦士・寝住が――自分を寝住だと思い込んでいた戦犯が、そう考えていたような、『因縁』なんて生やさしい気持ちではなかったし、生ぬるい気持ちでもなかった。

妬良は失井と殺し合いたかったのだ。

望んでいたのは決闘だった――にもかかわらず、第十二回十二大戦のテーマは、『共闘』だという。どこの歯車がどう狂ってそうなった？　戦いたくて戦いたくてしょうがなかった相手と、ようやく、しかも戦争中の戦争である十二大戦なんて、いかにもおあつらえ向けの戦場で相まみえたと言うのに、むしろ戦いを禁じられるなんて、こんなたまらないお預けがあっていいものか。飢えた虎の危険さを知らないのか、あの審判員とやらは――ただ、野生の虎ならまだしも、今の妬良が危険かと言えば、まるでそんなことはなかった。現在、彼女は、単にやる気のない酔っ払いだった――酔っ払いでさえない。驚いたことに、彼女は今日は一滴も、アルコールを飲んでいないのだ。（この海上都市を作ったお偉いさんは、コンビニを作ろうとは思わなかったのかねえ？）今歩んでいるこの砂浜の砂も、どこぞの海岸からごっそり採掘してきたとても珍しい種類のきめ細かい砂らしいのだが――まあ仮に、実際的なコンビニや商店があったとしても、例によって十二大戦の開催中は、戦闘フィールドとなるこの人工島は、無人島と化しているはずだ――管理人も警備員もいない、いるのは招待された十二戦士と――

『魚』の戦犯――『生かして殺す』ドクター・フィニッシュ」

――十二戦犯のみ。

2

白衣をまとい、ドクターバッグを携《たずさ》えたその戦犯は、驚くなかれ海の中から、波と共に現れた。漂流の末に流れついたかのごとく、びしょ濡れになって現れた――『魚』の戦犯を名乗るのだから、それで当然という見方もできようが、しかし女医の、人魚さながらのその登場の仕方は、やはり異様だった。酔っていないはずの妬良が、我が目を疑ったほどだ――と言うより、この状況では、酔拳使いとしては、酔っていないほうがまずい。(十二星座の戦犯――だっけ? くそう、あたいとしたことが、よく聞いてなかったぜえ)『あたいとしたことが』も何も、妬良が誰かの話をよく聞いたことなど、ここ何年もなかったが、それはともかく――良は砂浜に四つん這いになった。なまじ理性がある分、絶好調とは言えないまでも、『寅』の戦士の、せめてもの戦闘スタイルである。「あなた、その歳で肝臓、ぼろぼろよ？　大丈夫？」ただ、肝心の相手は戦闘スタイルを、まったくと言っていいほど取らなかった――濡れた髪を雑巾みたいにぞんざいに絞りながら、あろうことかこちらの内臓を、ＭＲＩのごとく診断してくる。「今、そうして、戦士として生き残っているってことは、もちろんそれなりに強いんでしょうけれど――攻撃は得意だけど防御が苦手ってタイプ？　自分では自分のこと、『打たれ強い』って思ってるのかもしれないけれど、あっちこっちの筋肉がきゅうきゅう悲鳴をあげてるわよ。まるで泣いてるみたい。見ごたえがあるほど、ずったずた。悪いことは言わないけれど、もっと身体を大切にしたほうがいいわ――って、戦犯が言っても説得力がなかった？」（…………）相手の思惑が読めず、良は身構えたまま混乱する――砂浜という足場の悪さも相まって（きめ細かい）、謎めいた女医に飛びかかるきっかけがつかめない。「変な形に融合しちゃってる骨もあるわよ。よければ診てあげるけど？」「……なんだよお。あんた、獣医さんかい？」らしくもなく慎重ぶってそう訊いてみると、返ってきた答は、「わたしは軍医よ。『元』だけど。死にたがりをむざむざ生かすのがお仕事。イカすでしょ？　イカして殺すでしょ？」なだった。「戦闘能力は――だらららららら（ドラムロール）、ほとんどないから安心して。なんだったら、試しに殺してみたら？　あっけないほどあっという間に、すぐさま死ぬわよ」「……ぐるるう」はったりとは思いにくかった。と言うより、はったりや虚勢と、正反対の雰囲気である――まるで脅威を感じない。奇矯《ききょう》なばかりの登場シーンに警戒心を走らせてしまったが、落ち着いてみると、この女、確かにまるで戦えそうな雰囲気がない。もちろんこれが、どれほどイレギュラーでも十二大戦である以上、フィールドにいる彼女に戦闘能力がほとんどないわけがないのだが。本来、そういう『オーラのなさ』は、酔拳使いの自分の領分なのに――それだけに、迂闊《うかつ》に飛びかかれない。(そもそも、あたいはこの女と、戦うべきなのかよ? 十二戦士と十二戦犯――戦わなくちゃいけない理由があるのかよ?) あるとすればそれが、運営委員会の定めたルールだからと言うしかないだろうが、妬良はその打ち合わせから抜け抜け抜け抜け出てきた身分である。

もちろん、もしも彼女がいち早く抜け出てきたボールルームで、彼女の『念願の戦士』である『丑』の戦士・失井が、『牡羊』の戦犯、フレンド・シープに『数えて殺』されようとしている事実を把握していれば、ここで妬良が取るべきモーションも変わっていただろうが、幸か不幸か彼女はまだ、天才の戦況を知らない。

戦争がとっくのとうに始まっていることを知らない。ゆえに、『戦うつもりのない相手を殺すことはできない』という、戦士としての根本的な常識が、野生の勘の邪魔をする――アルコールの血中濃度次第では、つまり酩酊《めいてい》していれば、あるいは『酔った勢いで』殺せていたかもしれないが、いくらいい加減で適当で、やる気のない良であっても、しらふの状態では、ディスカッションが成り立ってしまう――相手が戦争犯罪人であろうとも。

「うふふ。診察させてくれる気になったのかしら？　わたしに診られるのが不安だったら、紹介状を書いてあげてもいいのよ」「……目的を言え。あたいに――あたい達に、何の用だ？」調子が狂って、いよいよ『尋問』なんてものを始めてしまった。こんなのはどう考えても、『寅』の戦士の仕事ではない――理想主義者だと聞く、『申』の戦士あたりの仕事だろう。「知ってるか知らねーか知らねーけど、今、あんたら、あたい達の獲物になってんだぜ？　第十二回十二大戦の主題は、『十二戦犯狩り』なんだからよう」「あら親切。わざわざ教えてくれるのね。あなたったらわたしの命の恩人じゃないの」肩を竦《すく》めて、ドクター・フィニッシュとやらは微笑する。「ひょっとして、診断のお礼？　結構よ。医療は好きでやってることだから。健康になったクランケの笑顔が、何よりの報酬」「あたいの笑顔は怖いって言われるよ。ぐるう」「その牙、歯列矯正をお勧めするわ」「あたい的にはチャームポイントなんだよう」「みんながそう思えるなら、コンプレックス産業もあがったりね」はぐらかされていることに気付かないほど馬鹿でもない。つもりだ。だが、戦うつもりがないなら、どうして登場した？　いぶかしんでいると、「ご心配なく。わたしはもっと怖い笑顔を知ってるし、危険は承知よ――『十二戦犯狩り』も承知よ。先刻承知の助よ」と、妙な言葉で、『魚』の戦犯は言った。「先刻――」「癌《がん》の宣告じゃなくてよ。うふふ。そうね、でも、優しい忠告をしてくれたあなたには、インフォームド・コンセントを果たしておいたほうがいいのかしら――あなた達十二戦士にとってわたし達十二戦犯が獲物であるように、わたし達十二戦犯にとってあなた達十二戦士が獲物なのだって」「……あん？　なんだってえ？」「話せば長いんだけど、聞く？」「ぐる、長い話は苦手だねえ」正直に言えば御免だった。ボールルームでのミーティングを抜け出してきたというのに、海から来た女医を相手にテータテートなど、うんざりするのが本音だ――酒でも入っていれば別だが。

「だって、わたし達は徒党ならぬ悪党を組んであなた達をやっつけて、こぞって総スカンを食らわせて、十二大戦を乗っ取る無法者なのだから」

（十二大戦を――乗っ取る？）良には、咄嗟にその言葉の意味がわからない――けれど、わからないなりに（ああ）とも思った。ミーティングを抜け出す直前、『丑』の戦士が呈していた疑問の、それがそのまま答になるように感じたからだ――どうして運営委員会は、十二戦犯を捕らえたあかつきには、十二戦士全員の願いを叶えると言うような、参戦者の立場からしてもやり過ぎな（姤良のような戦士からすると、やる気が削がれる）『賞品』を用意したのか。（もしも十二大戦そのものが、犯罪者集団に狙われていたのだとすると、あたい達を都合良く動かすために、度を超えた報酬を支払おうってのも、腑に落ちるのかねえ――）少なくともその報酬は、笑顔では済むまい――推測でものを言う限り、組織防衛のためならば運営委員会は、そしてその上で糸を引く『有力者』は、なりふり構うまい。本来のルールを大幅に変更してでも、十二戦士を使いこなそうとするに違いない。(あたいが『共闘』を、なんとなく気に入らなかったのは、そんな政治的な背景がうっすら見え隠れしていたからなのかねえ――なんちゃってえ)しらふだろうと酩酊状態だろうと、そういった洞察力が自分にあるわけがない。ただ、それでも、十二戦犯が余計な企みをぶつけてきたせいで、十二大戦のテーマが変更を余儀なくされたのだとすれば、結局のところ、良が悲願を叶えられなかった理由は、やはり戦犯達にあるということになる。

そう思うとやはり腹立たしい。

目の前の犯罪者を殺してやりたくなってくる――怒りに酔う。

「……ところで、ドクター。あんたは何をして追われてるってんだい? 戦争犯罪人ってことは、悪いことをしたんだろ?」「悪いことをしたことのない人間なんているのかしら? 犯罪者じゃない人間なんていないでしょう――善行だって、見方を変えれば犯罪なのよ」女医はますますはぐらかすようなことを言いながら、その場にかがみ込んで、ドクターバッグの中身を探り始める。すわ武器を取り出すつもりかと思ったが、彼女がピックアップしたのはピルケースだった。「たとえばわたしは無免許医。戦場でばったばったとオペをしたものだけれど、それは違法行為だって言われたわ。くすっ、そんなことを言った奴の口は、縫い付けてやったけれどね」「…………」「このピルケースが気になる? ごめんんね、カウンセリングの途中に。おくすりの時間なの——医者の不養生って奴。ちなみに、このおくすりは、ある国での処方は合法だけれど、ある国では処方禁止の違法薬物——どころか、またある国では、所持しているだけで収監されかねない驚異の毒薬として知られているの。そんなもんなのよ、戦士と戦犯の線引きなんて」「…………」良の沈黙が続くのは、その主張に圧倒されて言葉を失ったからではなく、言っていることがよくわからなかったからだ——ぼんやりと煙に巻かれたような気もするが、たとえ話はよくわからなかった。そもそも、ただ無免許医というだけでは、世界的犯罪者のリストにエントリーされるとは思えないので、その罪状からして信用できない——良が襲いかかってくることはないと決めつけているのか、合法だか違法だかの錠剤を何粒か口に含んだままでドクター・フィニッシュは波打ち際に移動し、片手で海水をすくい取って、その水分で薬を嚥下《えんげ》した。「か……、海水なんて飲んで大丈夫なのかい?」思わず、素で聞いてしまう良だが、女医は平然としている。「要は塩水だから。つまり塩化ナトリウムだから。アルコールよりは身体にいいわ」そんなわけあるか。「話をぶった切っちゃったかな? 食間ならぬ会話間に飲む決まりのおくすりだったから。なーんて、ドクタージョーク。食間は食事中に飲むおくすりじゃないっての」そもそもほとんど通院したことのない良には、ドクタージョークは通じづらかった——が、鈍い彼女にも、ようやくじわじわ、理解できてきた。(さてはこの女——時間稼ぎをしてやがるんだねえ?)長期的な目的は不明としか言いようがない、何がしたくて犯罪者集団が十二大戦を乗っ取ろうとしているのかは意味不明の権化だが、少なくとも彼女が、なぜ海の中から這い出てくるような奇抜な登場をし、つらつら重要なようでどうでもいいような会話を続けているのかは見えた気がする――おそらく良の足止めだ。どこに行くか、本人にもわかっていない千鳥足を止めるために現れやがったのだ、たぶん。戦闘オーラみたいなものを感じないわけだ、むしろその戦闘に突入しない停滞を作ることこそが、彼女の目的だったのならば。だとすると今のところ、良はまんまとその策にはまってしまっているわけだ――それでも、足止めされる理由までは見えてこないので、そのこと自体は悔しくもない。むしろ、少しわくわくしてきた。（あたいを足止めして、時間稼ぎをして――いったい何を企んでくれているのかねい？）その答はすぐに出た。

「『牡牛』の戦犯――『誓って殺す』ルック・ミー」

純白のウエディングドレス姿の戦犯が、砂丘の向こうから現れた――恐い笑顔で、バージンロードを歩むがごとく。

3

ルック・ミーの登場は、そうは言ってもドクター・フィニッシュほど奇妙ではなく、むしろ逃げも隠れもしない堂々とした歩みではあったが、しかし、それでも良は目を剝《む》いた——ウエディングドレスの彼女がずるずると引きずっているその物体が、嫌でも視界に入ったからだ。

「遅いわよ。殺されるところだったじゃない。わたしが殺されたらどうするのよ」「貴様が殺されたら笑うと、ここに誓います」ドクター・フィニッシュからの文句に、ルック・ミーはにたあ……っと、笑み——のようなもの——を浮かべて、誓いの言葉で応じた。（もっと怖い笑顔を知ってるって言ってたのは……なるほど、こいつかい）戦士としては小柄なほうである姤良から見ると、長身では済まないサイズ感のウエディングドレスではあるが、彼女が両手で引きずっている物体は、更に大きかった——（物体じゃなくて——死体かよ？）「死んでるの、それ？」同じ疑問を持ったらしいドクター・フィニッシュが訊くと、「いえ、殺せませんでしたと、ここに誓います。防御力が脅威過ぎました、このデカブツ。私から見てもデカブツ」と、ルック・ミー。「手こずりました。私の刀では、急所までは入刀できませんでした。魔法少女とふたりがかりでも難儀でした。なので、タイムアップと見做《みな》して、別行動で、先にこちらに寄らせてもらいましたことを、ここに誓います。このディフェンダーを殺すには、『彼』か『彼女』、あるいは『性別不明の暗殺者』に頼らないと。頼っても無理かもしれないと、ここに誓います」

引きずられる物体は『午』の戦士・迂々真だった――身長二三〇センチ、体重一五〇キログラム。

はっきり言って、ボールルームで良が認識していた戦士は、自分以外の十一名の中で『皆殺しの天才』失井と、あとはせいぜい有名人の『平和主義者』砂粒くらいだったので、砂浜にめり込むように引きずられている彼が『午』の戦士・迂々真であることまでは直感できなかったのだが、それでもあの巨漢には見覚えがあった――いったいどういう攻撃を受けたのか、まとっている鎧《よろい》をずたずたにダメージ加工された彼は、見るからにぐったりしていて、ウエディングドレスに引きずられるままで、虫の息にしか見えないが、確かに、鎧はともかく、露出された素肌に傷は負っていない。乱暴に扱われていても、うめき声ひとつあげないものの、どうやら失神しているだけのようだ。（だけ――）と言うが、暴力的な犯罪者を前に失神してしまうことが、戦士にとってどれだけ屈辱的な敗北なのか。「ぐるう――」ただでさえ頭の回転速度に自信のない良だが、当然のこと、自分がボールルームを出たあとに、この巨漢氏が無言で続いたことなど知るよしもないので、彼の身にその後何があったのかなど、見当もつかない。見当もつかないが、それでも確かなことがひとつあった――（次は、あたいってことかよ）ならば即断即決だった。時間稼ぎと足止めだけが目的だった謎の女医ではテンションも戦意も上がりようがなかったが、明らかな敵愾心《てきがいしん》をもって出現したウエディングドレスならば、飛びかかりようもある。先手必勝――まだ巨漢を引きずって、両手が塞がっているうちに、五爪を突き立てる！

「『寅』の戦士――『酔った勢いで殺す』妬良らあ！」

名乗りの末尾で舌がもつれてしまったのは、酔っていたからではない――しつこいようだが、このときの良はしらふであり、アルコールの影響はない。自動車だって運転できる――もっとも、運転免許は所有していないので、それはやっぱり『違法』になってしまうが――ここで舌がもつれたのは。

首筋に注射針が刺さったからだ。

「ごめんね、ごめんね。しからばごめんね。これについては後日、謝罪会見を開くわ。さっきは嘘をついたのよ——ホワイト・ライって奴だよね。だって殺すのも仕事なのよ。わたし、お医者さんだもん」跳躍しようとした妬良の背後に、砂上を音もなく忍び寄ったドクター・フィニッシュが、おそらくはピルケースの底に隠してドクターバッグから取り出していたと思われる注射器を、対戦相手のうなじから引き抜いた——否、対戦相手にもなっていない。クランケか、そうでなければ——獲物だ。「安楽死——安心して楽しく死んで」「ぐ、ぐる、る、ぐる、ぐる」ぐるぐると視界が回り、跳躍するための両足は、舌のようにもつれて、良は砂浜に倒れた。(時間稼ぎをしていたのは——あたいを殺すウエディングドレスの到着を待っていたんじゃなくて——あたいが背を向けるのを待ってやがったってのかよ——)ミスリード役こそが、遅れてやってきたルック・ミーで、露骨に非戦闘員を装っていたドクター・フィニッシュこそが本命だった——本命の犯罪者だった。「そっちは死にましたか?」「うん。死んだわ。ご臨終です」「ようがす。きっと可愛い赤ちゃんに転生するでしょう」「これで残る戦士はあと何人かしら? フレンド・シープはどうしてるかな?」「さあ。わかりませんと、ここに誓います」「ねえ、ルック・ミー。死んでないんだったら、その力士、もらっていい? 参謀に相談してみなきゃだけれど、たぶん何かに使えそうだもの」「いいですよ。力士ではないと思いますけれど、赤ちゃん以外に興味はないと、ここに誓います」「誓います誓いますうるせえよ」

犯罪者同士の他愛なさそうな会話が聞こえるようで聞こえない——もう彼女達ふたりにとっ

て、戦場での遭遇をもっとも恐れられる戦士である妬良の存在が、極めてどうでもいいものになっている。そのことに屈辱はない。妬良の存在がどうでもいいのは、妬良にとっても同じだ。だから屈辱はない。だけど疑問があった。「な――なんで」「あら？　ごめんなさい、ルック・ミー。まだ生きてた。すごい。仮死状態だったわ。すぐ本死になるけれど」「な……、なんで――そ、そんなスキリュ……スキルが、あるなら……、わざわざ時間稼ぎなんてしにゃ……、しにゃくても……」「虎なのに、猫みたいですね」治験の効果を確認するようなことを言って、ドクター・フィニッシュは、「え、なんて？」と、問診のように問い返す。「時間稼ぎなんてしなくても、普通に戦うこともできただろ……」どうしてもそれが知りたくて、良は砂を噛みながら、そう尋ねた――どうしてどうしてもそれが知りたいのかは、意識が混濁しているからとしか言いようがない。しかし事実として、妬良のような野性型の戦士を相手取るなら、背後から攻撃するほうが危険なくらいだ。殺気を抑えて時間稼ぎをするリスクと、背後から不意打ちをしてカウンターを食らうリスク、二重のリスクを冒すくらいなら、普通に戦ったほうが、普通に分《ぶ》がいい。なのにどうして、この女医はわざわざ危険な施術を――増援が現れたというのに、挟み撃ちすら選択肢にせず――「何言ってんの。油断している雑魚《ざこ》を殺すから面白いんでしょ？」（……くくっ）そのインフォームド・コンセントに、妬良は苦笑を禁じ得ない――怖い笑顔ではなく、無垢な笑顔を浮かべざるを得ない。驚天動地だ、自分のような戦士が、笑いながら死ねるなど。それでも、似合いの死に様だと思った。背後から人間を殺す理由が、『安全だから』ではなく『面白いから』だと語るような程度の低い犯罪者に殺されて死ぬなんてみっともない不名誉——正道を外れた戦士にはあつらえたように似合い過ぎて、涙が出る。(ぐるるう。正しいことが——ぜんぜん、できなかったねえ)酔いが醒めちまったよ——哀れっぽい自分に酔ってた人生が。

4

『寅』の戦士・妬良の、あまりにも不遇な戦死に、それでも何らかの救いを見いだすとするなら、清酒のように清純な彼女が最後まで、最期《さいご》まで念願した『丑』の戦士・失井が、こともあろうか自分よりも先に死んだことを、知らずに逝《ゆ》けたということだろう。同時に逝けたらもっとよかったかもしれないけれど、世の中、そこまでうまくは回らない——海岸線の砂浜で良が注射器で薬物投与されたのとほとんど同期するように古城のボールルームで戦死したのは、『皆殺しの天才』ではなく。

『死体作り《ネクロマンチスト》』だった。

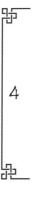

潮が満ち、波にさらわれつつある良には知るよしもない事実だが、天才の首を叩き落とした『牡羊』の戦犯、フレンド・シープのサーベルが、続けざまに『卯』の戦士・憂城の心臓を貫いたのと、彼女が事切れたのは、ほぼほぼ同時だった。期せずして参加人数が倍増した、第十二回十二大戦。

戦没者の名は、倍速再生で刻まれる。

（戦士8――戦犯12）

（第二戦――終）

第三戦

国士無双

本名・W−2222、M−2222。共に六月六日生まれ。身長138センチ（姉）・198センチ（弟）、体重34キロ（姉）・99キロ（弟）。罪名・共に窃盗罪。とある軍事組織のイリーガルな人体実験によって誕生した双子の姉弟。本来はひとりの卓越した戦士を生み出すための試みだったので、扱いとしては失敗作であり、ゆえに『違法な失敗』として、二重に存在が隠蔽《いんぺい》されていた。それぞれ別の施設に幽閉されていたが、彼女と彼は精神の大部分を共有していて、孤独死することなく、互いに励まし合うことで、過酷な監禁生活を生き抜いた。しているうちに軍事組織のほうが崩壊し、（姉は革命軍に、弟はNGO団体に）救出される——その後はしばらく戦士としてそれぞれに活躍したふたりは、ある戦場で感動の再会を果たす。彼女と彼が戦地を追われることになった罪名は先述の通り『窃盗』と、一見軽犯罪のように見えなくもないが、盗んだのはそれぞれ空母（姉）と原潜（弟）。窃盗の動機は不明だが、動機なんて完全にどうでもよくなるレベルの巨大犯罪である。

1

「で、どうするよ？　お兄ちゃん？」「ん？　どうするよってなんだよ？　弟ちゃん？」「決まってんだろ、ええ——どっちにつくつもりなんだ？　戦士軍かよ？　それとも戦犯軍かよ？」「…………」

断罪兄弟がさくさくと早足で移動しているその場所は、石畳の坂道である——この海上都市をゼロから製作した、篤志家で趣味人の『有力者』が、周囲の建造物ごと移築した味わい深い道路だ。道のための道。だが、嫌でも漂うその古式ゆかしい雰囲気を味わっている余裕は、道を外れたこの兄弟にはなかった——彼らは選択を迫られている。十二戦士対十二戦犯という、この異質の十二大戦において、どう立ち振る舞うべきか。もっと言えば、どちらの陣営に味方するべきか。（弟に言われるまでもなく）と、断罪兄は思う。（そろそろ決めなきゃな——どさくさに紛れてほうほうの体《てい》でボールルームから脱出したものの、あんなもん、俺様達が殺されていてもおかしくないシチュエーションだったぜ。ことのついでみてーに）断罪兄は回想する——おそらく、断罪弟も回想していることだろう。つい先ほどの出来事を——『皆殺しの天才』である『丑』の戦士の首が飛んだだけでも一生分の驚きだったのに、更にその空《くう》隙《げき》を突くように、『子』の戦士だと目していた十代の少年が、『卯』の戦士――確か憂城とか名乗っていた――『死体作り《ネクロマンチスト》』とも――の心臓を貫いたのだ。（たぶん、あの変態兎がふたり目の被害者に選ばれた理由は、単に『手の届くところにいたから』だろう――本命の失井の旦那を上首尾に殺せたから、その勢いでもうひとり――くらいのノリだったんだろうな、あのネズミ小僧にしてみりゃあ）断罪兄弟は、まさか別の世界軸では、兄弟揃ってその『変態兎』に殺されまくっているとも、まして兄弟揃って『お友達』としてとても大切にされているとも思わず、そうジャッジする。『死体作り《ネクロマンチスト》』の恐怖を、この世界軸の彼らは知らない。それを知っていれば、『子』の戦士（だった何者か）が、あの場にいた戦士の中で、寸分狂わずノリに乗って優勝候補筆頭の二名を殺害したことにも気付いただろうが、しかしそれに気付かずとも、十分な瞬殺である。（あわよくばもうひとりくらい殺したかっただろうが、それはさすがに『あいつ』が止めた――『申』の戦士・砂粒が）それも何が起こったのか、終わってからでないと飲み込めないモーションだった――気がついたら『子』の戦士（だった何者か）の身体が壁際まで吹っ飛ばされていた。そして生きている戦士全員が駆け寄る頃には、『子』の戦士（だった何者か）は、絶命していた――否、その頃にはもう、『（だった何者か）』ではなく、その連続殺人犯は、『子』の戦士本人に戻っていた――『子』の戦士の死体だった。『申』の『優しくも容赦ない』一撃で絶命したわけではない。奇妙なことに、少年の肉体は、あたかも何日も前に殺されていたかのように、腐敗していた――まるで手品でも見せられたかのような気分だ。

夢でも見せられたような気分だ。

『牡羊』の戦犯――『数えて殺す』フレンド・シープ」

失井の首が飛ぶ寸前に聞こえたそんな名乗りも、あるいは夢だったのだろうかと思ってしまうほどの手際よさだった。わずか十秒足らずの間に、集められた十二人の戦士のうち、三名が死体になったのだ――砂粒が直後におこなった救命措置も無駄だった。(そもそも、そんな救命措置をおこなう余地があるのも、兎一匹だけだったもんな――首を切られた天才と腐敗した小僧には、そんなもん無駄だし。ったく――)どう取り繕《とつくろ》おうと、衝撃だった。『天《てん》の抑留《よくりゅう》』であり『地《ち》の善導《ぜんどう》』である断罪兄弟が、咄嗟に身動きが取れなくなるほどの――ひょっとしたら、こうして城の外にとんずらすることなく、突然の修羅場を生き残った他の戦士達同様、今でもあのボールルームに釘付けになっていたかもしれない、もしも。

もしも事前に、今回の十二大戦の、異様な十二大戦の異質なテーマを聞いていなければ――十二戦犯のひとり、『天秤』の戦犯、バロン・スーから聞いていなければ。

2

自分のことを『子』の戦士だと、自己催眠で思い込んでいた時点のフレンド・シープが推察したように、戦争犯罪人に限りなく近い位置にいる戦士、断罪兄弟は、十二戦犯のひとりと通じていた――もっと正確に言うと、ドゥデキャプルがあげた十二戦犯の中に、知らない名前はひとつもなく、面識のある『犯人』が半分以上を占めていたのだが、深い付き合いと言えるのはバロン・スーひとりだけだ。なにせあの犯罪者は、断罪兄弟が弾劾《だんがい》裁判の被告となった際の、最高裁判長だったのだから――歴史に残るあの無罪判決は、今でも語り継がれる悪《あ》しき判例である。

「俺はきみ達のことを親友だと思っているから言うよ。断罪兄弟――第十二回十二大戦はきみ達の望んでいるような形では開催されない」

戦犯に対する無罪判決を出し続けたせいで、自身が戦犯として司法の場から追放された『天秤』の戦犯からの、秘匿《ひとく》回線を用いたそんな通信を、当然ながら、断罪兄弟は真に受けなかった――戦士にとって、特に十二支の戦士にとって、十二大戦は、それだけ神聖で、潔癖で、絶対だったからだ。どこかでまかり間違っていれば(あるいは、おこないが正しく評価されていれば)自分達もそのメンバーに含まれていたかもしれない十二星座の戦犯が、如何《いか》に底知れない不気味な存在であろうとも、まさか十二大戦を中止に追い込めるはずがないと思っていた――断罪兄弟はバロン・スーのことを、別に親友とは思っていなかったけれど、変なことを考えているならやめたほうがいいと、逆に忠告してやりたいくらいだったし、実際にそうした――けれど、元最高裁判長は、まるで取り合わなかった。かつて断罪兄弟の無法と悪行を許したときと同じように、「許そう。俺はきみ達のことを親友だと思っているから」と言った。「俺達のことを応援したくなったら、いつでも言ってくれ――俺達は十二戦士を総じて死刑にするつもりだけれど、それが目的じゃない。きみ達が味方になってくれたら、個人的にはとても嬉しいし、きっとみんな喜ぶと思う」(戦犯は戦犯でも、元が超絶エリートさんだからなのか、どこか浮き世離れした奴の言うことだから、話半分にも聞いていなかったが――おったまげたもんだぜ、審判員のオジサマの口から、まさに、『俺様達のことを親友だと思っている奴』の名前が飛び出したときにはよ――なあ弟ちゃん?)(ああ、まったくだぜ、お兄ちゃん――)

そんな事前情報があったからこそ、混乱を極めている現状を、断罪兄弟は一定程度は読み解ける。

　彼らは恐ろしく入念で、怖いくらいに計画的だ。断罪兄弟に、先んじて声をかけていたこともそのプロジェクトの一環だったことは間違いない――どんな片棒を担がせる気なのやら。しかし、あらかじめ十二戦士のひとりに、戦犯を紛れ込ませておくなど、大胆不敵にも程がある。『子』の戦士（最後まで『彼』がそう名乗ることはなかったが、断罪兄弟は途中退席した『寅』の戦士と『午』の戦士を知っていたので――ちなみに、茶々を入れたが、『亥』の戦士のこともちゃんと知っていた――情報は宝だ――消去法的に、『彼』が『子』の戦士だったことは断定できる。その断定こそ誤りだったわけだが）に変装していた『牡羊』の戦犯、フレンド・シープ――変装どころか、あれは擬態か。否、なりきりか――コスプレと言ってよければ、コスプレなのかもしれない。服を着替えるように、人格も着替えることのできる戦犯――そんな奴がいるという噂は、やはりバロン・スーからそれとなく流されていたものの、半信半疑だったそんな戦法は、目の当たりにしたほうが、むしろ信じられないくらいだった――だが、『丑』の戦士と『卯』の戦士の死体、それに『子』の戦士の死体は、犯罪者気質の断罪兄弟をして嫌気が差すほどのリアルだ。「俺達のことを『親友』と思っている元最高裁判長はともかく――あの早着替え女が、俺達を殺すことを猶予してくれるとは思えないよな、なあ兄君《あにぎみ》？」「まったくだぜ、弟君《おとうとぎみ》――あんなスパイじみた奴がいるんじゃ、団体行動のほうが危険だぜ。最終的にどちらにつくのかはともかく、あの場を離れたのは正解だろう。巻き添えを食いかねねえ」「とか言って、実は今は、兄貴がフレンド・シープなんじゃねーだろうな？」「おいおい賢弟、そりゃあねえだろう。俺様は可愛いお前のことを、ほんのちょっぴりしか疑っちゃいねーんだぜ？」どこまで本気かわからない軽口を叩き合いながら、双子の戦士は坂道を登り続ける——はっきりした目的地があるわけではなく、今はただ、あのボールルームのある古城から、一歩でも遠くに離れることが目的だ。この海上都市が戦闘フィールドであるとわかった時点で、ふたりとも島内の地図は頭の中に叩き込んでいるので、拠点にしようと目論んでいた仮想のアジトのいずれかで足を止めるつもりではあるものの——そんな『準備』は、むしろ今のうちに放棄しておいたほうがいいんじゃないかと思うほど、対戦相手は『準備』を怠《おこた》っていない。団体行動が危険なのと同じくらい、単独行動も危険だ——おそらく、途中退席したふたりの戦士は、その後、別の十二戦犯に狙い撃たれただろうというのが断罪兄弟の読みだ。実際、その読みは的確で、『寅』の戦士・姤良はこの時点で絶命しているし、『午』の戦士は敵の手中にあり、死んでこそいないものの、生殺与奪の権を握られたその命は、風前の灯火である——なので、それゆえに断罪兄弟は決断を迫られているのだった。バロン・スーは、「大戦の、最後の瞬間であっても歓迎する。俺はきみ達のことを親友だと思っているから」なんて、真剣な口調で言っていたし、本当にそのつもりなのだろうが、フレンド・シープはもちろん、他の十二戦犯が彼と同じように、裏切り者に対して寛容だとは限らない。裏切るなら（そもそもチーム十二戦士に所属したつもりがないので、裏切り者呼ばわりも極めて心外なのだが）早いほうがいい——十二戦士の人数がこれ以上減る前に、十二戦犯側についたほうが。「バット、ビッグブラザー。その場合、問題があるだろう？　十二戦士対十二戦犯と言っても、あくまでも、どこまで行ってもこれは十二大戦なんだぜ」「オフコースわかってんよ、リトルブラザー。十二戦士として戦えば、勝利のあかつきには『どんな願いでもたったひとつだけ叶えることができる』大盤振る舞いの恩恵に預かれるのに、十二戦犯の側につけば」「十二戦犯が十四戦犯になっちまうな」「蛇遣《へびつか》い座にでもなれよ、末弟」「俺は蛇そのものだってーの、長兄」「話を戻すぜ。十二戦犯の側につけば、このままの勢いとノリで、大戦に勝利したとしても、得るものはねえ。願いが叶うわけじゃねえ。遊ぶ金ももらえねえ。殺されずに済むだけだ」「それだけならまだしも、俺ら兄弟は、戦士から戦犯に『格上げ』されちゃうわけだ——再発見されちゃうわけだ。愛すべきバロン・スーのお陰で、せっかく棚ボタで無罪を勝ち取ったのに、断罪兄弟が断罪されちまう」「そういうこった——命あっての物種とは言え、世間様のお笑い種になるのは御免だぜ。だったらここからの巻き返しに期待して、十二戦士側で居続けるほうが賢明ってもんだ。少なくとも期待値は高い。だが——」問題がひとつ。十二戦犯側の目的が、現状では不明なことだ——断罪兄弟を親友だと思っているバロン・スーも、それについては教えてくれなかった。と言うより、あの戦犯の話自体を眉唾物だと思っていた断罪兄弟が、そこまで突っ込んだ話を聞かなかった——けれど、いかな戦犯でも、何の目的もなくかような大それた行為を、愉快犯でおこなうとは考えがたい。『どんな願いでもたったひとつだけ叶えることができる』わけではなくっとも、あるはずなのだ、十二戦犯の側にも、勝利のあかつきには得られる、まやかしではない賞品が。その内容次第では、十二戦犯側につくのに何の躊躇《ちゅうちょ》もない——蛇遣い座にでもドラゴン座にでもなってやろう。ドラゴン座ってあるんだっけ？「結論としては」と、兄が言う。「まずはバロン・スー以外の十二戦犯をとっ捕まえて、ラブコールの詳細を聞いてみるしかなさそうだな——あいつはいい戦犯だが、どうも超俗し過ぎていて、要領を得ん。つーか、そうでなくてもひとつの情報源に頼るのは危険だ」「ああ。とは言え、できれば知り合いが望ましいな。アイアン・メイあたり——反対に、暗殺者のスカル・ピョンだけは勘弁願いたいぜ」「あの正体不明は戦犯っつーか、殺人鬼だからな」「それとは別の意味で、あいつらも勘弁願いたい。ほれ、ダブル・マインド。だって、あいつらは『双子』の戦犯だから——」

「キキャャララがが被被《かぶかぶ》っっちちゃゃううかかいいい?? だだととすすればばば、、そそれれががおお前前達達のの敗敗因因だだ」

お喋りにさほど夢中になっていたわけでもないのに、断罪兄弟の行く手を、大小二人組の戦犯が遮った——狙い澄ましたようなそのタイミングは、まるで自分達の名前が出てくるのを物陰でずっと待ち構えていたかのようだった。

二人組の戦犯は——姉と弟は、同時に名乗る。

「『双双子子』のの戦戦犯犯――『『選選択択のの余余地地ななくく殺殺すす』』ダダブブルル・・ママイインンドド」

3

双子対双子。場合によってはこのシチュエーションは、しっちゃかめっちゃかな絵面になりかねない危険性をはらんでいるが、幸いなことに、この場合は戦犯のほうが二卵性だった――いわば、一卵性双生児と二卵性双生児の対峙である。なので、そういう意味での混乱こそなかったものの、断罪兄弟としては、これまでつらつらと兄弟間で話し合ってきた議題を、まとめてうち捨てねばならないような展開だった――『辰』の戦士と『巳』の戦士が、『断罪兄弟』と称し称され、戦士としてひとくくりにされているように、『双子』の戦犯、ダブル・マインドもまた、区別されず『ダブル・マインド』とひとくくりにされている。だから、『キャラが被っている』かどうかはさておくとして、向き合ったこのふたりとふたりは、睨み合った双子と双子は、それなりに共通点の多い戦士と戦犯ではある――けれど、絡み合う視線と視線と視線と視線は、お世辞にも穏やかとは言えないものだった。（同属嫌悪――というのとも、また違う）と、断罪兄は思う。断罪弟も、それに続けるように（俺達も、似ちゃあいるし、それを利用して戦ってきた戦士ではあるが――それは、『別人同士の遺伝子が同じ』って意味でしかねえ）と考える。だが、二卵性の双生児であり、つまり遺伝子構造は違うはずの、見た目どころか性別さえ似ていないはずの、ダブル・マインドは、こうして久し振りに対面してみてもやはり――

ふたりでひとつという印象だった。

そう。断罪兄弟が『同じものがふたつある』という印象ならば、ダブル・マインドは、『ふたつあって、初めてひとつ』という印象だった――足りないところをパズルみたいに補い合っていて、その様子がまるで歪《いびつ》でない。歪でないことが歪であり――不正行為だ。ひとくくりの断罪兄弟が、あくまで『辰』の戦士と『巳』の戦士なのと比較して、ダブル・マインドが、『双子』の戦犯であるのは、そのためだ。はっきり言えば、断罪兄弟は、その点が気に入らず、この双子とは対立的である――第十二回十二大戦の奇抜なルールなんて関係なく、『いつかぶっ殺してやる』と思うほどに、憎んでいたと言ってもいい。もっとも、断罪兄弟は三割くらいの人類に対し、そう考えているが――問題は、その同属嫌悪のような感情（それこそ、ステロタイプなほどに双生児らしい感情にしても）を、相手側も抱いているということである――嫌われていることに気付かないほど鈍くもないし、また、こうして『通せんぼ』をしている相手が、それぞれに武器をむき出しに構えていれば、そもそも鋭い必要もあるまい。小さな姉がクロスボウを断罪兄に向けていて、大きな弟がウォーハンマーを担ぎ上げるように振りかぶって断罪弟を威嚇《いかく》している。人体実験の成果（失敗？）で、表情に乏《とぼ》しい双子ではあるものの、殺気を感じるには十分だった。（しかし、おいおい——話が違うじゃねえかよ、バロン・スー。俺様達を、仲間にしてくれるんじゃなかったのかよ？）（話が通っているって感じじゃねえよなあ——それとも、入団テストみたいなもんかい？　それどころか——）（ああ。まるで、すべてが最初から罠だったみてーじゃねえか。策士でならした俺様達が、まさかはめられたってのか？）言うまでもなく断罪兄は、断罪弟同様、策士でならしたことなど生涯で一度もなく、兄弟揃ってその戦法は基本的に『行き当たりばったり』に尽きるのだが、しかし逆に言えばその行動の気まぐれな読みづらさこそが、断罪兄弟の売りでもあった——それが今回、バロン・スーから与えられた事前知識があったがために、読みやすくなってしまってはいなかったか？旧知の戦犯から誘われていなければ——誘導されていなければ、あのボールルームを、こうも抜け目なく抜け出せたか？　事前に情報があったからこそ、行動はむしろ、制限され——こんな窮屈《きゅうくつ》な一本道に導かれてしまったのでは？　半信半疑のつもりで、話半分のつもりで——結局いいように、コントロールされてしまったのでは？　「裁裁判判長長のの名名誉誉ののたためめにに言言っってておおくくとと、、　ああいいつつはは本本気気ででおお前前達達をを仲仲間間ににししよようううととししてていいたた——私私とと私私がが本本気気ででおお前前達達をを殺殺そそううととししていいるるよよううにに」『双子』の戦犯が、同時に言う——否、『彼女』と『彼』、『私と私』が、別々に喋っている場面に、断罪兄弟は遭遇したことがない——たぶん、誰もないだろう。

「ききっっととああのの許許ししのの裁裁判判長長はは、、私私とと私私ののこことととももも、、許許ししててくくれれるる」「オーケー、まあいい。どうでもいい。じゃあ、行き当たりばったりだ。なあ弟」「なあなあ兄。第一、俺達が誇り高い十二戦士を裏切るわけがねーじゃねえか。俺達を誰だと思っているんだ」「誰だっけ？　俺様達は」「決まってらあ。俺達は」

「『辰』の戦士——『遊ぶ金欲しさに殺す』断罪兄弟・兄！」

「『巳』の戦士——『遊ぶ金欲しさに殺す』断罪兄弟・弟！」

断罪兄弟は、それぞれ背負ったタンクから伸びるホースを、それぞれのターゲットに向けた——断罪兄の背負うタンク『逝女《ゆきおんな》』には液体水素が詰まっていて、浴びせればどんな物体でも、どんな人間でも、芯の芯まで凍えさせることができる。断罪弟の背負うタンク『人影《ひとかげ》』にはハイオクのガソリンが満タンで、浴びせればどんな物体でも、どんな人間でも、芯の芯まで温めてあげることができる——氷と炎の断罪兄弟。『天の抑留』と『地の善導』。同じ双子として同属嫌悪を抱き、また、その『そっくりさ』においては、コンプレックスさえ感じていた相手ではあるが、それでもこれまで一度も、ダブル・マインドなんて戦場の大盗人に、負けるとか、敵《かな》わないとか思ったことはなかった――これまで殺さなかったのは、戦場で遭わなかったからに過ぎない。実際、一卵性の双子は、『通せんぼ』をした二卵性の双子に負けはしなかった――彼女と彼に、私と私に、殺されることはなかった。

断罪兄弟を殺したのは、『水瓶』の戦犯と『射手』の戦犯だった――マペット・ボトルとウンスン・サジタリだった。

「え……？　あれ……？」「え……？　あれ……？」奇《く》しくも兄と弟の声が揃った――まるで二卵性の双子のように。それもそのはず、この島に来て以来、まだ一度も使用していないはずのタンクが、あろうことか空っぽだったのだ――姉と弟に浴びせるはずの液体水素とガソリンが、いつの間にか、消えてなくなっていた。坂道を登るには、荷物が軽くなって実に結構なことだったが、愛用の武器の消失は、戦場では致命的どころではなかった――わけがわからない。しかしわからなくて当然である、その消失は、十二戦犯のうちで、彼ら兄弟が名前しか知らない『水瓶』の戦士の仕業だったのだから――バロン・スーも、『彼』についての情報までは、流してくれていない――その情報は『敵』の中でさえ分断されている。『水瓶』の戦士、マペット・ボトル。絶対零度の液体水素だろうと最高級のガソリンだろうと、そのコンディションが『液体』であるならば、かの戦犯にとって、それはほんの『水』でしかなかった――気付かれないうちにすべて『蒸発』『揮発《きはつ》』させてしまうことはたやすい――その程度の初心者向けの水芸、ふたりの前に姿を現すまでもない。むろん、それなりのリスクはあるのだが、そこは兄弟と面識のある姉弟が目くらましとなることでカバーした。言うならここから離れた海岸線で、『寅』の戦士・姤良を『魚』の戦犯が殺すとき、『牡牛』の戦犯がミスリードしたのと同じような作戦である――まったく同じではないところは、今回は三方挟撃という点だ。突然武器が失われ、天を舞うことも地を這うこともできなくなった、ドラゴンとしても蛇としても、手足を奪われたも同然の兄弟の首筋を、

真横から一本の、長い長い、物干し竿みたいな矢が貫いた。

ダブル・マインドの小さな姉が持つクロスボウから放たれた矢――ではなかった、いくらパニック状態にあっても、断罪兄は、狙い狙われる敵の武器から目を切ったりはしていない――それがむしろまずかった。タンクが空になるなんて異常事態に見舞われた以上、全方位をぬかりなく警戒するべきだった。実際、断罪弟のほうは、武器が失われたなりに、周囲に警戒網を張ってはいた――『地の善導』。あたかも蛇のように、地面の振動から周囲の動きを感じ取る

センス――けれどそんなセンスも、飛来する矢には働かない。仮に働いていたとしても、十数キロ先の人工島の端っこから、数々の針の穴を通すように、針の穴を縫うように矢を放った『射手』の存在を感知することなどできるはずもなかった。『射手』の戦犯、ウンスン・サジタリ。彼もまた、断罪兄弟が名前しか知らない、情報の分断された戦犯である。『知人』が『誘い』、『ライバル』が『通せんぼ』し、そして殺すのは未知の戦犯がふたりがかりで、姿も見せずに――（チームワーク――一致団結。手を組んで、仲良しこよしで）（畜生、それはドゥデキャプルが、俺達に要求していたことじゃねえかよ――）皮肉なものだ、この十二大戦では、戦士よりも戦争犯罪人のほうが、ルールを守っている――死守している。戦士でありながら戦犯に近い存在として、事前に情報を入手し、優位な立場から戦争に参加できたとばかり思っていた断罪兄弟は、しかし知ったかぶりをした上に、自分を殺したのが誰なのかも知ることなく、串刺しにされたまま、共に石畳の上にくずおれたのだった。らしくもなく、（あいつらに、教えてやらなきゃ……）（バラバラに戦ってたんじゃ、駄目だ……）などと思いながら。

一緒に戦わないと、一緒に死んでしまう。双子のように。

4

「『水瓶』の戦犯――『ウエットに殺す』マペット・ボトル」
「『射手』の戦犯――『狙い澄まして殺す』ウンスン・サジタリ」

それぞれの戦犯が、それぞれの位置から、誰にともなくそう名乗る。たった今殺した戦士相手にそう名乗ったのかもしれないし、これから殺す戦士相手にそう名乗ったのかもしれなかった。

（戦士6――戦犯12）
（第三戦――終）

第四戦

蟹は甲羅に似せて穴を掘る

サー・カンサー◆『名誉が欲しい。』

本名・シーザー・カエサル。七月七日生まれ。身長163センチ、体重55キロ。罪名・内通罪。元々は交渉人として、戦争状態にある国と国の間に入り、仲立ちすることを生業《なりわい》としていて、その穏やかな物腰と人好きのする人格はいくつもの不毛な争いを収めてきた。交渉人としてのもっとも顕著な特徴は、通常、職業的平和主義者は、停戦や休戦であろうと、ひとまず戦争が終わればそれを終着点とするが、彼は完全なる和解をゴールとすることだった。それは長所でもあったが同時に短所でもあり、最終的にはその主義が徒《あだ》となって、終戦後も執拗に交渉を続けたことが怪しまれ、両国から二重スパイの疑惑をかけられた挙句に、それまでのすべての功績が剝奪され、感謝されていたはずの国々からも指名手配を受けることなった。実際、法律ぎりぎり（ぎりぎりアウト）な交渉も多数手がけていたので、釈明の余地はなかった。実を言うと第八回十二大戦の優勝者なのだが、開戦後たった十二分で優勝してみせた当時十二歳の少年は『それを記録に残さないこと』を願ったので、誰も憶えていない——ただしその関連で一部『有力者』の覚えがめでたかった時期もある。ところで『蟹』の戦犯だからというわけではないが、蟹を食べるのがとても上手である。「戦争を解きほぐすのと、蟹肉を解きほぐすのは、まったく同じ行為です」とは本人の弁。

1

第十二回十二大戦——十二戦士対十二戦犯。しかし本来、ボールルームで最初に説明されたルールを厳密に解釈するならば、これは大戦でさえない、いわば一方的な『鬼ごっこ』のはずだった——十二戦士が十二戦犯を追い、捕まえ、あるいは殺す。とにかく生死を問わず、十二戦犯を全滅させるまでがルールであるはずだった——しかし現状は、まったく逆の有様である。見様によっては、団体戦にさえなっていない——スコアはなんと、十二戦士残り六人に対して、十二戦犯は一名の——一命のダメージも受けていない。六対十二。火を見るよりも明らかなダブルスコアで、こうなってしまえば大抵、勝負はついたようなものである——残る試合は、すべて消化試合と言ってしまっても過言ではなくなるほどのワンサイドゲーム。それでも一応、都度都度都度現状分析が欠かせないのが、この『戦時報告書』の悲しいところだ。

十二戦士——『午』『未』『申』『酉』『戌』『亥』
十二戦犯——『牡羊』『牡牛』『双子』『蟹』『獅子』『乙女』

『天秤』『蠍』『射手』『山羊』『水瓶』『魚』

誰が誰に勝つか、誰が誰を殺すか、誰が一番勝ち、誰が一番殺すか――そんな視点で推移を見守れるラインは、実のところ、もうとっくに突破されている――そんな規準ではこの戦争は進行していない。十二戦犯が十二大戦を乗っ取るようなことがあれば、国や領土どころか、世界そのものが、裏返ることになりかねないのだから。

2

植物のみならず、周囲の土ごと深く掘り下げて人工島に移築されてきた、貴重な動植物が多数生息する原生林――海上都市で末永く健全に育成されるとはとても思えない、後先考えないその樹海の中で、繰り広げられているバトルがあった。日の光すら遮られる鬱蒼《うっそう》とした深き森であり、櫛比《しっぴ》のごとく木々が立ち並ぶその密集地帯での目にも止まらぬやり取りを観戦する人間はひとりもいないけれど、しかしそれが惜しいと言わざるを得ないほどの好カードだった――なにせ、戦っているのは、『未』の戦士・必爺と、あろうことか『午』の戦士・迂々真なのである。第九回十二大戦優勝者である古強者《ふるつわもの》の必爺と、絶対防御のディフェンダー、迂々真との、一対一の戦闘行為。十二戦士同士が協力し合うことがルールである今回の十二大戦では、絶対に実現しないはずの、垂涎《すいぜん》の組み合わせだった。（もっとも、当事者としては、厄介も極まりますがのう――儂の新型爆弾『醜怪送り』でも、火傷ひとつ負わないこの肉体の頑丈さ――頑強さ。武器商人のプライドが粉々ですのう）巧みに距離を取りながら、時に木陰に隠れ、時に草陰に身を潜めながら、必は残り少なくなってきた爆弾の数を数え直す――しかし、迂々真の巨体が突貫してきたので、回避のために中断せざるを得なかった。（まあ、数える意味はありませんかのう。半分を切っていることは確か――ここまでの攻防でダメージらしいダメージを与えられておりません以上、残りの爆弾をすべて彼に使い切ったところで、効果はなさそうですじゃ。どうやら作戦を切り替える必要がありそうですのう――）幸い、敵――迂々真――の戦略は単調だった。防御に徹し、こちらが息をついたところに体当たり――鉄壁の防御力をそのまま攻撃力に転ずる作戦であり、もしも食らえば、必爺の老体はひとたまりもないだろう。だが、必はボディアタックを食らうほどに老いてはいない――もとい、ボディアタックを食らわない程度には、老いている。経験が違う。原生林での戦闘開始以来、かすりもさせていない――とは言え、それを誇ることはできないだろう。少なくともその単調さは、迂々真の責任ではないからだ――彼の戦士としてのアビリティの低さを表すものでは、まったくない。

なぜなら彼は明らかに正気を失い、明らかに正体を失い、明らかに何者かに、その心身を操られているからだ。

(洗脳ですかのう——否、催眠術ですかのう。精神感応の線もありそうですが——一番考えられるのは、薬物投与ですかのう)武器商人が出自の必には必然的に、化学兵器の嗜《たしな》みもあり、その知識を照らし合わせる限り、大きく白目を剝き、それ以上に歯をむき出しにして襲いかかってくる巨漢の身体にはなんらかの、取り返しのつかない処置が施されている。鎧よりも固いあの皮膚に注射針が通るとは到底思えないので、飲み薬か、塗り薬か——それとも一番ありそうなのはガスか?(いずれにせよ、この屈強なるディフェンダーが、一度ならず、十二戦犯に敗北したことは確かなようですな——儂と戦う前からズタボロだった衣服が、その推論を裏付けておりますわい。おそらくその防御力ゆえに殺し切れなかったのでしょうが、ならばと操り人形にするあたり、敵も徹底しておりますわい)『卵』の戦士が『死体作り《ネクロマンチスト》』だったがゆえに、十二戦士と十二戦犯との戦いは将棋とチェスとの戦いである——そんな見通しもあったが(遠い昔のことのようだ)、こうなってしまうと、状況はまるっきりあべこべである。こちらの『死体作り《ネクロマンチスト》』は早々に殺されてしまっただけでなく、まさかあちらにも、似たようなことができる者がいようとは——(光明があるとすれば、正気を失わせているがゆえに、『操り人形』には、単純な命令しか与えられないらしい点ですかのう——戦略を切り替えるなら、その方向

ですか)

3

『子』の戦士が『牡羊』の戦犯になり、暴虐の限りを尽くしたのちにまた『子』の戦士――の死体――に戻るという、早着替えのような早変わり、ほんの嗜みとばかりの身だしなみの整えかたに、皆が気を取られている隙に、断罪兄弟がさりげなくボールルームを抜け出せたのは、彼らがあらかじめ、敵陣から(偏った)情報を流されていたゆえなのだが、必爺の場合は事情が違った。そもそも彼は、こっそり抜け出すようなことはしなかった。「最強の戦士が死に、『死体作り《ネクロマンチスト》』がお亡くなりになった以上、共闘の誓いもご破算ですな。儂は独りで戦わせていただくとしましょう」と、うやうやしくも丁重に断ってから、ボールルームをあとにした――意外と言うか、計算外だったのは、その際、誰からも引き留められなかったことだ。誰からも――と言うより、名高き平和主義者の砂粒から、引き留められなかったことだ。てっきりあの娘のことだから、『こういうときだからこそ、団結しなきゃいけませんよ』みたいな台詞《せりふ》をのたまうのではないかと読み、それを軸に、メリットのある立場を構築するつもりでいた。つまり必爺は、団体戦からは距離を取りつつも、部分的には共闘を続けるつもりでいた——なんとも彼らしい老獪《ろうかい》さではあったが、その当ては大いに外れた。さりとて前言撤回するわけにもいかないので、ひとまずは古城をあとにするしかなかった。まあ、いざとなったら踵《きびす》を返し、ふてぶてしくチームに舞い戻るくらいの図太さは備えている。しかしチームに戻るにしても、一歩引いた単独行動を貫くにしても、しばらくは見《けん》に回り、十二大戦の推移を観察しよう——と、上陸した際から潜伏先として目をつけていた原生林に移動したのだが、そこでばったり『午』の戦士と遭遇した。そうだ、先行して別行動をとった戦士達と合流し、そちらでチームを作るという案もあるか——と思った矢先、いきなり巨漢は周囲の木々を鎧袖一触《がいしゅういっしょく》になぎ倒しつつ、肩から突進してきたのだった——そして今に至る。（儂がチームを離れた途端、こうして狙われたところを見ますと、どうやら見張られていたようですな——ならばこの『午』の戦士のみならず、『寅』の戦士や、混乱に乗じ、皆の目を盗んでこっそり抜け出たつもりらしい断罪兄弟も、既に餌食になった可能性がありますな）返り討ちにしてくれていればいいのだが、望みは薄いだろう——『操り人形』として生かされている『午』の戦士と、どちらのほうが幸せかと言えば、難しいところだが。（儂も『死に損ない』として生きながらえて長いですが、こんなことをされてまで、延命したくはありませんな——安楽死を望みますわい）それはきっと、ひたむきに突進してくる迂々真も同じだろう——殺してやるのが、情けというものだ。

「『未』の戦士――『騙して殺す』必爺」

そう名乗ったところで、人事不省状態の対戦相手から、名乗りの返しはないものと思っていたけれど、

「『午』の戦士――『無言で殺す』迂々真」

戦士としての意識が片鱗《へんりん》程度は残っていたのか、それとも単なる生理的な反射か、『操り人形』からそんなレスポンスがあった。ただし、その声は必には届かなかった――そのとき彼は、両手で耳を塞いでいたからだ。武器商人の彼は、爆発音には慣れているつもりだが、それでも――移動しながらあちこちに仕掛けた、残る手持ちの『醜怪送り』すべてが同時に爆発するとなると、その『共鳴』に用心せざるを得ない。寡黙な戦士の口パクを見て、（無口なディフェンダーは、その実いい声だとのお噂はかねがねでしたが、聞き逃してしまって非常に残念ですのう――）と、必はしみじみ思った。

4

爆弾をひとつずつ食らわせたところで傷ひとつ、火傷ひとつ負わない『午』の戦士・迂々真の肉の鎧に、ならば複数の爆弾を複数の方向から一気に食らわせようというのが、必爺が立て直した作戦——ではない。多少の効果くらいなら見込めるかもしれないが、それでも——あるいは、最初からその作戦を取り、島に持ち込んだすべての『醜怪送り』を同時に爆発させたとしても——迂々真の身体には、深刻なダメージを与えることは不可能だというのが武器商人としての忸怩《じくじ》たる見立てだ。だから必は攻撃対象を変えた——迂々真を狙うのではなく、ちょこまか動き回りながら迂々真を取り囲むような位置に爆弾を設置し、発火装置を遠隔操作で起動させ、言うなら迂々真の周囲を攻撃した。周囲を、つまり——木々を。この海上都市を製作した『有力者』が、本人としては『自然保護』の名目で土壌ごと持ち込んだ原生林を大規模に爆破することが目的だった——もっと言えば、木々を激しく炎上させ、大火事を起こすことが目的だった。（投薬によって操られているなら——注射針での投与は不可能として、飲み薬か塗り薬か——）ガス状の薬品を投与されたのだろうと読んだ。だから必もここは操り手と、同じ手を使うことにした――刃も針も通さない鉄壁のディフェンスにも、ガスならば通じる。気体を通さないほど、完全無欠で穴のないガードではない――だったら。

煙で燻《いぶ》す。燻し殺す。

ガスが通じるならスモークも通じよう。言うなら原生林を原材料にした、あり合わせの眠り薬と言ったところか――この場合、そのまま永遠の眠りについてしまうのが玉に傷だが、まあ、傷も火傷も負わない戦士に致命傷を与えるのが狙いなのだから、むろん願ったり叶ったりと言うしかない。どんな願いでもたったひとつだけ叶えることができる十二大戦で、願うような願いでは、間違ってもないけれど――（やれやれ――団体戦勝利のあかつきには、集められた十二戦士全員が、願いごとを叶えることができるという大盤振る舞いのはずが、叶えられる願いの数が、みるみる減っていきますのう――）第九回十二大戦において優勝し、一度願いを叶えたことのある必爺は、なんとも言えない気持ちになる。他にどうしようもなかったとは言え、本来は味方であったはずの戦士を、自分の爆弾で殺したとなると、尚更である――後悔はないが、怒りはある。それが十二戦犯に対する怒りなのか、それとも十二大戦運営委員会に対する怒りなのか、それとも戦局を読み違えて、チームと別行動をとってしまった自身への怒りなのかは、よくわからなかったけれど――ともかく、危機は脱した。四囲を炎に阻《はば》まれても、構うことなくしばしの間は、おそらくすり込まれた指令通りに、敵に向けての無機質な突貫を繰り返した迂々真だったが、やがて力尽き、焼け野原と化した地面に、ばったりとうつ伏せに倒れ、そして二度と起き上がらなかった――危機は脱した。否、その判断はまだ早計だ――迂々真を殺すことだけを考え、立ち並ぶ樹木を軒並み焼き払ってしまったが、当然、立ち上る真っ黒なスモークは、巨体のみならず老体にもばっちり有効、効果覿面《てきめん》である――さっさと避難しないと、当該作戦、窮余《きゅうよ》の一策が単なる自爆攻撃だった運びになってしまう。同士討ちが相討ちになってしまう――戦場において、そんな愚かしいこともない。元々は、密かに潜伏し、隠密行動に徹するために侵入した原生林だったが、そこでこんなぎりぎりのピンチに陥《おちい》ってしまったし、そうでなくともその一部を派手に焼き払い、もくもくとのろしを焚《た》いてしまったのでは、『ここに戦士がいますよ』と島中に喧伝《けんでん》しているようなものである――むしろ一刻も早く撤収しなければ。（しかしこれで、ますますチームに戻りにくくなりましたのう――自陣であるはずの『午』を燻り殺したとなると、いかにふてぶてしい儂と言えど、合わせる顔がありませんわい）ひょっとして、そこまで含めて、十二戦犯の計画通りなのだろうか――犯罪計画なのだろうか。経験豊富な老兵を遠ざけるために、『操り人形』に仕立てた『午』をぶつけてきたという線は、十分に考えられる――好カード。（ならばここは、あえて敵方の読みを外す意味で、逆にチームに合流すべきですかいのう――久し振りに、損得勘定になりふり構わぬ、ビジネスモードに切り替えましょうか）しかし、そんなビジネス思考も読まれていたのだろうか――先手先手が打たれていたのだろうか。類焼、延焼を続ける原生林から、ありもしない獣道を辿るようにして、からくも脱出した『未』の戦士・必爺を、出口で待ち受けていたのは、

「『蟹』の戦犯――『紳士的に殺す』サー・カンサー」

だった。

5

武器商人としても戦士としても、一線を退《ひ》いて長い必なので、ルール上のターゲットとして十二戦犯の名が列挙されたときも、正直、ほとんどぴんとは来なかった――戦犯は戦士と違って、『由緒正しき』存在ではないからだ。しかし挙げられた戦争犯罪人の中で、一名だけ、例外がいた。それはある時期、ある時代、戦場で寝起きしたことのある者なら、聞いたことのない者はまずいない名前だった――有名ではない、令名だった。

戦争交渉人、サー・カンサー。

現代でもっとも知られた戦争交渉人と言えば、言うまでもなく十二戦士のひとり、『申』の戦士・砂粒を置いて他にはいるはずもないが――三一四の戦争と二二九の内乱を和解に導いた平和主義者、今も記録は更新中――しかし彼女がさように躍進するまでは、サー・カンサーこそが、平和の使者と呼ばれていた。地球上から戦争を一掃できる存在がいるとすれば、サー・カンサーこそがその人だと、大袈裟でなく崇《あが》め奉《たてまつ》られてさえいたものだ。間違っても、あの頃の彼は戦争犯罪人ではなかった――むしろ英雄だった。もっとも、そんな平和主義者が『過去の人』になった理由をすべて砂粒に求めるのは無理がある――彼女が登場する以前に、彼は大きな交渉をしくじり、事実上の引退に追い込まれていたのだから。（てっきり、人生も引退したものと思っておりましたが――まさか十二星座の戦犯として、名をなし功を遂げておりますとはのう――）なしたのは、令名ではなく悪名だが――遂げたのは、功どころか、罪のようだが。とは言え、意外ではあったけれど、それほど驚かなかったことのほうが意外だった――むしろすんなり腑に落ちた。（十二星座のならず者が、いったいどうやって体系的に徒党を組んだのかが、どうしても不思議でしたが――この交渉上手がそれぞれの間を取り持ったのだとすれば、ぐうの音《ね》も出ませんな）「ぱち、ぱち、ぱち、ぱち」と。そこでサー・カンサーが、口ずさみながら、手を鳴らした。「さすがです、『未』の戦士・必爺。ぼくの計算では、あなたはここで仲間の手にかかって寿命を迎えるはずでした――すべての武器を使い切ってしまったあなたに、ぼくがとどめを刺しに出てくる予定は、本当はありませんでした」「……そのほうが、よかったですな」必爺は諦めにも似た渋い表情を浮かべて、肩を竦めた。「しかし、あなたほどのかたが、どうしてこのような乱痴気騒ぎに？・」殺される。あるいは、それ以上のことをされる。それがわかっていても、礼を尽くさずにはいられなかった——同時代に戦場を生きた者として、サー・カンサーを前に、飄々《ひょうひょう》とした好々爺《こうこうや》を、演じ続けることができない。「ぼくほどのかた？　よしてください、あなたのほうこそ、あなたほどのかたでしょう。今のぼくは、しがない犯罪者ですよ。しがない犯罪者でなければなりません。『蟹』の戦犯、サー・カンサーです」「それでも、サー・カンサー。こうして戦場であなたに会えましたことは光栄の至りですな」「そうですか。でも殺しますよ？・」「でしょうな」慰めのつもりなのか、『計算外』『予定外』みたいなことを言っているが——その気遣いの話術が、かつての戦争交渉人の名残なのかどうかはともかくとして——そこに立つ老紳士が、こちらがすべての『醜怪送り』を使い切ったのを見切った上で、さらりと登場したことは間違いなかった。必が次なる武器を補充する前に、すかさず叩きに来た——計画になかったのが万が一本当だったとしても、その臨機応変さには、舌を巻く。「ひとつ、お願いがありますのじゃ」「なんなりと。年寄り同士のよしみです、どうか遠慮なさらずに」「遠慮も、無駄な抵抗もしませんので、どうか儂をあんな『操り人形』にはしないでいただきたい——若造に老醜を晒《さら》したくはありませんからのう」「しかと承りました。約束します。それに、こう言ってはなんですが、『午』の戦士の巨体を、我々は持てあましていました。噂以上のあの防御力は、我々十二星座の戦犯の誰をしても、完全には殺し得なかったそれなので——あなたが殺してくれて本当に助かりました」（……殺すためではなく、殺させるために、『操り人形』にしていたとでも言うのですかな？　荒唐無稽ですが、しかし、元英雄のサー・カンサーが首領ならば、十分にありえるプランですな——）「殺せる強敵は殺せるうちに殺す。ぼく達の時代では、それが常識だったでしょう？」「ええ——その通りですな。では、儂のことも、儂が潔《いさぎよ》いうちに殺してくだされ。介錯《かいしゃく》をお願いします」必は言った。

「『未』の戦士——『騙して殺す』必爺」

第九回十二大戦の優勝者、必爺は、こうして天寿を全《まっと》うした——あくまで、サー・カンサーが設定した天寿をだが、そのほうがよっぽど名誉だった。

6

経験豊富な老兵をステッキ傘で撲殺したのち、スーツに返り血が散っていないことを確認してから、元戦争交渉人の戦犯、サー・カンサーは呟く。
「さて、と――これで厄介な奴らは、あらかた片付いたかな。やはり初手で、もっとも強い戦士ともっとも危ない戦士を排除できたのは『牡羊』の大手柄だ。もっとも、大本命であるぼくの後進を残している以上、油断のしようもない。折角のワンサイドゲームなんだから、できることならこのままクリーンシートの完封勝利を決めたいところだが」空々しく、老紳士はそう言った――完封勝利。それは名誉か、不名誉か。

（戦士4――戦犯12）

（第四戦――終）

第五戦

獅子身中の虫

ダンディ・ライオン◇『星が欲しい。』

本名同じ。八月八日生まれ。身長188センチ、体重96キロ。罪名・国家騒乱罪及び反逆罪。元々は巨大国家の空軍落下傘部隊所属のソルジャーだったが、その圧倒的なカリスマで人心を掌握し、国民から絶大な支持を得た上で政府を転覆させる。その革命自体は世界から評価されたが、しかしその後彼が、賊軍及び反対派に対しておこなった苛烈で凄惨な処分（人道に反する処刑法）が国際社会で物議をかもし、しかもどれだけのバッシングを浴びようと反省の色を見せなかったため、政治的に敗北し、内容の伴わない逮捕状を突きつけられ、亡命を余儀なくされる——参考までに述べると、彼が去ったのち、新国家は周辺国からの侵略を受けて、分割統治ののちに消えてなくなった。侵略の指揮を執ったのが亡命後の彼だったという説もあるものの、真相は不明。腕力だけで国のトップまで成り上がったという無骨で剛胆なイメージとは裏腹に、天体学に傾倒する繊細な一面もあって、何を隠そう最初に『十二星座の戦犯』を名乗ったのは、このダンディ・ライオンである——裏話だが、生来の誕生日では獅子座ではなかった彼は、トップの座についた際、暦の改変をおこなった。その無茶が反対派の発生に繋《つな》がったという説もあるが、やはり真相は不明。なんにせよ、逸話に事欠かない、謎の多い人物である。

1

武器の携帯そのものがテーマ上禁じられた第四回を除けば、基本的には伝統的に、ありとあらゆる持ち込みが許されている十二大戦ではあるものの、しかしながら大型ミサイルを、しかも連発で使用したのは、この男、『獅子』の戦犯、ダンディ・ライオンが初めてだった——正確には、ボス格である彼の指揮の下、十二支の戦士達にとってのスタート地点である例の古城を爆撃・空襲したのは、『双子』の戦犯、ダブル・マインドである。二卵性双生児の姉と弟が、そもそも戦犯として追われる発端となった、空母と原潜の窃盗——その空母から発進した三機の戦闘機による絨毯爆撃、そして海面に浮上した原子力潜水艦から放たれた大口径の火力砲五十一連発が、同時に古城に降り注いだ——雨のように、火の雨だが。空母も原潜も戦闘機も、すべて、双子の精神感応を応用したオートパイロットなので、『十二戦士対十二戦犯』というルールに抵触はしない……、それにしても、あまりのスケールだった。まだ世界遺産に登録されていないだけとも言えた、荘厳なる存在感の城砦が、跡形もなく木っ端《こっぱ》微塵《みじん》になり、先ほど原生林で発生した『小火』と違い、煙さえも上がらない様子を、ぎりぎり熱波を感じるくらいの安全な距離を保った丘陵地帯から目視したダンディ・ライオンは、「くっくっく。いい火柱だった。だけど、んー、これで死んだかな？　死んでくれてたら、これで決着なんだけどよお」と、咥《くわ》えていた葉巻を口から離す。隣に立つ双子の姉弟は「どどううででししょょうう」と、慎重に、そして同時に発言する。「確確かかにに、、爆爆撃撃前前にに脱脱出出ししたた様様子子ははあありりまませせんんででししたたがが——ししかかしし、、断断罪罪兄兄弟弟ほほどど、、一一筋筋縄縄でではいいかかなないいででししょょううかからら」「だろうな。えーと、サー・カンサーのじいさんが、『午』の戦士をやっつけた『未』の戦士をやっつけたそうだから——あの城の中に残ってたのは、何人だっけ？　わりい、引き算は苦手でよ」「『『申申』』『『酉酉』』『『戌戌』』『『亥亥』』のの四四戦戦士士でですす。。中中ででもも警警戒戒すすべべききはは、、ややははりり平平和和主主義義者者かかとと」「あー、砂粒のお嬢ちゃんねえ。荒れに荒れた俺の故郷を、形はどうあれまとめてくれたんだっけな？　……念のため、戦闘機を墜落させとけ。砂粒は無理でも、それで他の三人くらいは、死んでくれるかもしれねー」「了了解解でですす」「見張りも怠るなよー。飛び出してきたら狩るぞ。肉食獣みてーに」

2

そんな途轍《とてつ》もない大規模空襲に見舞われるほんの少し前、ぱあん——と言う、爆音と言うにはあまりにも乾いた音が、先行して、古城のボールルームに響いていた。（あれ……えっと？）『申』の戦士・砂粒が、その乾いた音が、自分の頬が張られた音であると気付くのには、少し時間がかかった——危険を冒しての和平交渉で、ありとあらゆる戦場を巡り歩いてきた砂だったが、びんたを食らった経験なんて、ついぞなかった。修行中でもなかったかもしれない——彼女を張ったのは、『亥』の戦士・異能肉だった。「ちょっと！　あなた！　いつまでだんまりを決め込んでいるつもりですの——このシチュエーションで、あなたがわたくし達を率いなくてどうするんですか！　とっととリーダーシップを発揮なさい！」怒りと言うよりも、それは、ヒステリックと言うほうが正しそうな声音だった——優雅な振る舞いを、由緒正しき両親から身体の芯まで叩き込まれている異能肉らしくもない。（いや——らしくもなかったのは、私か）だんまりを決め込んでいたつもりはなかったけれど、しかし、ぼんやりを決め込んでいたかもしれない——めまぐるしく変わる状況に、不覚にも、ついていけていなかった。こうなることはわかっていたはずなのに――こうなることは覚悟していたはずなのに、それでも、いや、それだからこそ――対応の一手一手が、遅きに失した。

『子』の戦士が偽物だった。『丑』の戦士の首が飛んだ。『卯』の戦士が貫かれた。

どれもこれも、防ごうと思えば防げたことだった――待て待て、そんな反省をすること自体が傲慢か？　何もかもをひとりで背負い込むのは悪い癖だ。（だから肉ちゃんを、こんなに苛々させちゃったんだね――立て直さないと）悩むのはあとからいくらでもできる。今しかできないことをしよう――と、砂は、今度は自分で自分の頰をぺちんと張った。それから思い出したように、異能肉の頰も、ばきっと張った。「痛いじゃない！　何をするんですの⁉」「いや、一応お返ししといたほうが、後腐れがないかと思って」「絶対禍根《かこん》が残るでしょう⁉　ばきって！　今の平手の音じゃないでしょう⁉」「さあ、みんな！」切り替えて、砂は、異能肉以外のふたり――まだこの部屋から出ていっていないふたり、出ていくタイミングのなかったふたり、当然、安置されている三つの死体は除く――のほうに向いた。『戌』の戦士と『酉』の戦士である――スタート時には十二戦士が集合していたこのボールルームに残っているのは、現状、たったの四人である。（それでも、まだ四人残っていると考えるべきね！）「ここからは私がリーダーになる。私に仕切らせて。反対の人はいる？」「はい、リーダー」すぐに挙手したのは『酉』の戦士・庭取だった――しかし、自分もまたリーダーに立候補しようとしたわけではないらしく、「報告があります」と続けた。「報告？」「あのー、雰囲気が重くて、言い出しにくかったんで言えませんでしたけれど、ここから出ていった五人――さっきのお爺ちゃんも含めてですけれど――全員、殺されちゃったみたいです」「え?」目鼻がつく前に出鼻をくじかれるような、そもそも何に基づいているかもわからないその情報に、砂が面食らっていると、「あと」と、畳みかけるように衝撃的な情報を、『酉』の戦士は頻に可愛らしく手を添えてもたらした――張り手を恐れたのかもしれない。（いや、そんな誰彼なしに叩かないって）「この城に、戦闘機とミサイルが向かってるみたいです。誰でもいいんですけれど、防空壕を掘る必殺技とか、持ってません?」

3

防空壕を掘る必殺技（どんな必殺だ）を持っている戦士は四人の中にはいなかった。たぶん、世界中探してもいないだろうし、よしんばいたとしても、防空壕ではその後の、三機の戦闘機の墜落に、耐えられはしなかっただろう――もうちょっと早く空襲警報が出ていれば対処のしようも、複数あったかもしれない。『酉』の戦士・庭取――トライデントに似た、『鶏冠刺《とさかざし》』と名付けた武器を携えた彼女は、これもまた必殺技とは呼びがたいが、『鵜《う》の目《め》鷹《たか》の目《め》』なる索敵技術を有している。『鵜の目鷹の目』——いかにも『酉』の戦士らしいスキルとでも言うのか、鳥類と視界を連結することができる、本人的には『鳥さん達と仲良くなることが得意』なアビリティであり、そんなわけで彼女の視界は、通常の戦士よりもかなり広い——文字通りの『鳥瞰《ちょうかん》』ができるわけだ、もっと言うなら、鳥類——雀《すずめ》であろうと燕《つばめ》であろうと、あるいはダチョウやペンギンであろうと——が生息・飛行できる場所なら、どこにでも『目』を持っているようなものだ。まあ、『死体作り《ネクロマンチスト》』なんて、『死体とお友達になれる』戦士さえいたのだから、鳥類と友情を結べる戦士がいても、今更誰も驚くまいが、ならば驚くべきは、それによって知った事実を、彼女が今の今まで黙っていたことだろう。それは、戦士として己の切り札は、味方にだって、親にだって伏せておくべきという庭取の主義——ではなく（庭取は親を覚えていないし、主義なんてない）、城の外部で起こっている戦い（戦いと言うより、一方的な殺戮劇）を、いったいどう判断したものか、いまいち決めかねていたからだ。彼女には事前のお誘いがなかったので、犯罪者に限りなく近かった断罪兄弟のように、戦犯側につくという選択肢はなかった——ただ、鳥の目を通して（この場合は、カモメなどの渡り鳥、それに島の自然地帯に生息していた鳥類だった）、妬良や断罪兄弟や必爺が殺されていくのを黙って『見て』いたのは、彼らの死が自分の死と直結していなかったからだ。助けに行っても間に合わないという事情もあったが、助ける理由も見当たらなかった。ある意味では、庭取は十二戦士の中で、もっとも仲間意識が希薄な戦士である——知らない人といきなり手を組めと言われましても。

しかし、現在地が爆撃されるとなると話は別だった。自分の身が危ないとなれば、誰とだって一致団結する。どうやら旧知の間柄らしい砂粒と異能肉が理由のわからない小競り合いを始めてしまったので、ちょっとだけ言い出すのが遅れたが、庭取としては最速で報告したつもりだった。失井の死後、ボールルームにはリーダー不在だったので、いったい誰に報告すればいいのか、決めかねていたというのもある。ただ、そんな言い訳が仮に成立するとしても、報告された砂粒にしてみれば、「早く言ってよ！」みたいな感じだった。（もうちょっと早く空襲警報が出ていれば、対処のしようも複数あったかもしれない——のに、これじゃ、一通りしか思いつかないじゃないの！）

4

派手な爆撃を決行したものの、ダンディ・ライオンとて、残る戦士達を、これで殺せると本気で思っていたわけではない——どちらかと言えば、ターゲットを城から炙《あぶ》り出すことのほうが目的だ。歴戦の戦士達に籠城《ろうじょう》を決め込まれるほうが厄介というのが、十二戦犯の、一応は指揮官に位置づけられているダンディ・ライオンや、あるいは参謀を担当するサー・カンサーの考えかただった。十二戦士対十二戦犯、第十二回十二大戦を、彼らはここまで団体戦を、とても優位に進めていたが――作戦通りどころか、うまく行き過ぎているくらいだ。なにせスコアは4―12である――、しかし長期戦になれば、当然ながら戦争慣れしている現役の戦士のほうが、戦犯よりも分《ぶ》がある。（まあ、それでも負ける気はしねーんだけど……、圧勝のほうが楽しいからな）なので、できる限りは、短期決戦で済ませたい――それゆえの大規模爆撃であり、手分けして、古城の出口はすべて押さえてあった。出てきたところを叩く――『酉』の戦士・庭取のスキルは、その秘匿性ゆえに十二戦犯に知られてはいなかったが、それでも勘のいい戦士なら、十二支に位置づけられる神がかった戦士なら、誰かひとりくらいは、戦闘機やミサイルの接近には気付くだろう――同時に見張られていることも察するだろうが、そんなことも言っていられまい。爆炎、爆煙にまぎれて脱出するのがセオリーか――まさか防空壕を掘るようなスキルの持ち主はいないだろうし……、いたら面白いし、何よりそんな戦士なら楽に勝てる。一番楽なのは、爆撃で死んでくれていることだが。「……ん？　しかし……、あれ？　本当に誰も出てこねーな。ほうほうの体で転がり出てこねーな。なんだ、本当に焼け死んだか？拍子抜けだな――いくらなんでも、手応えがなさ過ぎるぞ」「接接近近しして確確認認ししまますすかか？？　ももししもも脱脱出出にに失失敗敗ししてていいたたならら、、死死体体ははは欠欠片片もも残残っってていいなないいとと思思わわれれまますすがが…………」二卵性双生児からの提案に、元国家主席の戦犯、ダンディ・ライオンは「…………」と、貫禄たっぷりに沈思黙考する。

5

当然、出口がすべて見張られているだろうことは予想がついたので、ボールルームから、そして古城から離脱するのには、新たな出口を作るしかなかった——だから、一刻も早く逃げ出すのではなく、しかし、爆炎や爆煙にまぎれて逃げ出すのでもなく、砂粒達四名はぎりぎりのぎりぎりまで城内にとどまり、降り注ぐ焼夷弾やミサイルが、壁や塀を『破壊してくれる』のを待った——隙間のない弾幕が、逆に、がらがらと崩れゆく一筋の、そして一瞬の新ルートを開拓してくれるのを待った。はっきり言えば、運任せの側面も強い脱出行である——『酉』の戦士の『鶉の目鷹の目』で、戦闘機による攻撃の方針を、あらかじめ詳細に把握できていたからこそ決行できた、命がけどころか命知らずのプランだった。(そして全員がひとかたまりになって行動したからこそ、成功した脱出だよね——それでも、四人だったからできた。五人以上だったらこんなの無理だった)『子』の戦士、『丑』の戦士、『卯』の戦士——彼らの死体を持ち出すことができなかったのは、この平和主義者にとって痛恨の極みだったが、見方を変えれば、ここまでのワンサイドゲームに追い込まれたからこそ、大規模爆撃の難から逃れたと言うこともできる。（それでも、『一致団結』とは言わないまでも、全員が揃って行動しなければ、犠牲が出ていただろうね――『鵜の目鷹の目』で状況を把握できる庭取ちゃんと、私に絶大な信頼をおいてくれてる肉ちゃんはともかく、どうして初対面になる『戌』の戦士が、私の作戦に従ってくれたのかは、謎だけど？　そう言えば、この戦士も私みたいに、だんまりを決め込んでいるね――）まあ、それはあとで考えるとして――今は、とにかく、古城から離れることだった。脱出後に戦闘機も墜落したようだし、そんな古城はもうどこにも存在していないが――「鳥さん達からの情報によれば、この先に大きな洞窟があるみたいです！　そこなら見張りもいませんし、ひとまずは安全っぽいですよ、リーダー！」洞窟まで移築されているのか――つくづく悪趣味な、もとい、とことんアーティスティックな島だと砂は思いつつ、一行を率いて走り続けた。

6

その洞窟が周辺の岩山ごと人工島に移築された理由は、垂れ下がる鍾乳の美しさもさることながら、天然の迷宮とも言うべき、複雑怪奇な内部構造が『有力者』に『評価』されたからというものだった――『獅子』の戦犯、ダンディ・ライオンと、『双子』の戦犯、ダブル・マインドは、一歩踏み入れば二度と出てこられないかもしれないそんなラビリンスに、大胆にも踏み込む。もっとも、本人達――少なくともダンディ・ライオンは、この行動を特に大胆だとは思っていない――未開の地ならともかく、彼にとっての『獲物』である戦士達が先に這入《はい》っている場所ならば、そこが危険地帯であるはずがないという読みがある。豪傑そうな佇《たたず》まいで、実際豪傑でありながら、野生の勘よりも論理的思考で行動するのが、ダンディ・ライオンのやりかただ――ライオンの狩りかただ。もっとも、洞窟に逃げ込む戦士達の姿どころか、古城から脱出する戦士達の姿すら、彼らは目撃したわけではない――丘陵地帯から見張り続けていたが、ダンディ・ライオンも、ダブル・マインドも、その角度からでは、扉からも門からも窓からも、はたまた屋上からも、あたふた脱出する戦士達は見受けられなかった――その点、『申』の戦士が立案した、イリュージョンじみた脱出行は、間違いなく成功を収めていた。

だが、ダンディ・ライオンは決めつけた。視観よりも、直感に反する論理を信じた――戦士達はきっと、いやさ必ず、脱出したに違いないと。

そうと決まれば――そうと決めつければ、いちいち爆撃現場を確認しに行く必要もない、そんなのは時間の無駄だ。ならば――と、当該の洞窟に向かうことに決めた。そこは参謀のサー・カンサーが、あえて見張りをつけずにいた、島内のエアポケットだ――トラップを常に二重三重に張る、あの老紳士らしい誘導である――逃げ道、避難経路を作っておけば、敵の行動をコントロールできる。刹那《せつな》的で気まぐれな断罪兄弟の動きを一本道に絞ったように。どうあれ古城から脱出し、見張りの目をかいくぐったとするなら、『そこ』にエスケープするはず――というのがその洞窟で、だから確認抜きで、ダンディ・ライオンとダブル・マインドは、エアポケットへ直行することにした。その類希《たぐいまれ》なる行動力で、一時は国家のトップにまで上り詰めた彼は、足場の悪さも薄暗さも苦にせず、ずかずかと洞窟内部を歩く。確認した分かれ道をがんがん破壊しながら――だ。天然の迷宮とは言え、出入り口はあくまでひとつだけなので、こうして選択肢を狭めていけば、袋小路みたいなものである。破壊はダブル・マインドの姉弟が、クロスボウとウォーハンマーで担当した――的確に鍾乳石を撃ち落とし、適切に鍾乳石を打ち砕く。枝道の埋め立て工事を突貫で進めつつ、奥へ奥へとずんずん進む。これだけ破壊音をまき散らしながらの行軍だ、逃げ込んだ獲物にも追手の存在はもう知れているだろうが、だからと言ってこそこそ追尾追撃するなんてのは、ダンディ・ライオンのスタイルではない――そんな奴はダンディでもなければ、ライオンでもない。常にスケールメリットを求める器の大きさが、彼の戦犯としての売りである――かつては戦士としての売りだった。(さあて――『申』に『酉』に『戌』に『亥』か。あつらえたように、どいつもこいつも、肉食獣の獲物だぜ。いよいよ十二大戦も大詰めだ）『どうやって勝つか』ではなく、『どんな風に勝つか』を考え始める余裕さえ生まれたが――しかし。

しかし、最後の枝道を塞ぎ、芸術的な自然の迷路を完全なる一本道にした上で辿り着いた奥まった行き止まりに――目当ての避難者達はいなかった。

（…………？）当てが外れたか？　感覚としては、当てと言うより、期待が外れたというニュアンスだった――がっかりするしかない、もしもここに逃げ込んでいないと言うのなら、戦士達は、爆撃で死亡したと判断するしかないからだ。そうでなければ、他の見張りに発見されているはず。サー・カンサーが立てた、隙のない作戦ならぬ、あえて隙を作った作戦を、かいくぐれるとは思えない――そもそも空母と原潜を活用した絨毯爆撃自体が、あちらにとっては予想外のはずなのだ。（それか、どっかの枝道で、生き埋めにしちまったかだな――ちっ。生き埋めはまずいぜ。本意に反する。流れっつーか、勢いで、戦闘機を墜落させちまったが、念のために、ダブル・マインドの弟の原潜に、ここを砲撃させて、跡形もなく消滅させておくか――）後始末まで派手に決めようとするダンディ・ライオンだったが、幸いなことに、その必要はなかった。幸いなことに――否、不幸なことに、と言うべきだろうか。「キキ――キキンングゲ！！」と、二卵性の双子が、同時に叫んだ。「上上でですす！！」「上？」葉巻を咥えたままで、ダンディ・ライオンは視線を上げる――まさか、戦士達は蝙蝠《こうもり》さながらに、天井に張り付いているとでも言うのか？　違った。鍾乳石が大量にぶら下がっている天井には、それらに紛れて――

それらに紛れて、ミサイルもぶら下がっていた。

「退避！」国を追われ、亡命したときにしか出さなかった命令を、直感に従って出す――ここに限っては、論理的思考は追いつかない。どうして天然の迷路のゴール地点に、ミサイルが設置されているのか――ダブル・マインドのほうは、それらが、自分達がオートパイロットで、古城に大量に落とした兵器の一部であることまでは認識したが、どうしてそれがここにあるのかまでは、糸口もつかめない。

むろん、彼らとて愚かではない。

ミサイルを大量に落とせば、その一部が不発弾になることは論理的と言うより確率的な必然であり、その数は、爆撃が大規模であればあるほど大規模に増えることくらい、考え続ければわかっただろう――スケールメリット。脱出に際し、戦士達がただ逃げ回るのではなく、雨あられのごとく降り注ぐミサイル弾から、不発弾のみを選別して回収していただなんて、荒唐無稽な仮説も思いつくかもしれない。そこまで思いつけば、トラップだった洞窟の裏をかいて、逆にトラップを仕掛けたという結論に辿り着けただろう——だが、ダンディ・ライオンも、ダブル・マインドも、考え続けることはできなかった。別段、十二戦士でなくっとも、戦場暮しを経験したことがある者ならば、簡易的な時限発火装置など、その辺の何を使ってでも、なんなら鍾乳石の欠片《かけら》を火打ち石代わりにしてでも、工作できる——さしずめ、鍾乳石からぽたぽたしたたり落ちる水滴が、いい時報代わりか。

ちゅどーん、と。

どれだけあじゃらにカリカチュアされた擬音でもって柔らかく表現しようとも、事実として仕掛けられた不発弾はひとつ残らず本来の役目を果たし、戦犯が戦犯に命令を下すまでもなく、洞窟は跡形もなく消滅した——『獅子』と『双子』も、跡形もなく。

7

ふたつの星座を落とし、ようやく反撃を開始した戦士側ではあったが、それでも未だ、スコ

ア が冗談みたいな大量差であることは変わらない——そもそも、避難先として用意された洞窟から（罠を仕掛け返した上で）撤退したというのなら、衆目環視の今、苦境にあり続ける四戦士はどこに消えてしまったのだろう？

十二大戦はまだ、大詰めではない。

（戦士4——戦犯10）

（第五戦——終）

第六戦

乙女心と秋の空

アイアン・メイ◇『ご主人様が欲しい。』

本名・アンディ・マルアル。九月九日生まれ。身長154センチ、体重52キロ。罪名・敵前逃亡罪、猥褻《わいせつ》物陳列罪、その他、軽犯罪多数。厳格な男尊女卑と荘厳なレディーファースト、厳正な男女平等が鼎立《ていりつ》する謎めいた新興国に、男性として生を受けたが、彼を猫かわいがりする、法と同調圧力に囚われない両親が息子に徴兵制度を回避させるために、女の子として育てる（当該国家では、徴兵されるのは男性のみ。女性も希望すれば軍隊への所属は可能）。結果、そんな『違法工作』が体制に露見し、ペナルティとして逆に過酷な戦場に送られることになるのだが、上官のみならず、敵軍の長にも巧みに取り入ることで、『罪人』は戦闘行為を回避し続ける——『籠絡《ろうらく》の女神』と呼ばれることになる。戦場でも基本的に女装を続けていたものの、時に男性としても振る舞っていたので、性別は周知だったが、あくまで女神と呼ばれた。本人的には『籠絡の巫女《みこ》』と呼んで欲しかったが、戦わずに済むのならなんでもよかった。不覚にも『女神』が率いることになった敵味方入り乱れる、包囲軍に対する逃亡グループは『乙女座銀河団』と呼ばれた。なお、愛用の箒《ほうき》は、魔術に通じていた祖母から受け継いだ一本。竹箒と見せかけ、実はスチールでできていて、静電気で塵を引きつけるハイテク箒である。ねえおばあちゃん、これひょっとして、通販で買った？

1

「あー、洞窟に這入った三人、時限爆弾に引っかかって死んじゃいましたね。三人かな？　人数的には三人でしたけれど、鳥さんの目で見る限り、そのうちふたりは、『ふたりでひとり』って感じでしたね――なので、仕留められたのは十二戦犯のうち、二戦犯って感じだと思います。やりましたね！　気分いいなあ、敵をぶっ殺せましたよ、リーダー！」『酉』の戦士・庭取からの、元気一杯な監視報告、成果報告を受けて、『申』の戦士・砂粒は（ずきり）と、胸に痛みを感じる――もちろん、『殺すつもりはなかった』なんて言うつもりはない。追っ手が用心深ければ深手は追っても死にはしないトラップだと、高をくくっていたつもりもない――むしろ、十二大戦の戦闘フィールドを容赦なく爆撃するような行け行けどんどんな戦士なら、まして戦犯なら、もろに爆心地近くで、しかも密閉空間で、時限爆弾の被害を受けるんじゃないかと、覚悟はしていた。降り注ぐミサイルの雨から、仕掛けに使える不発弾を拾い集めたり、発火装置を作ったりしたのは、重火器の扱いに通じた『亥』の戦士・異能肉だし、その爆弾を洞窟の最奥地まで運搬する力仕事は、『戌』の戦士・怒突が担当した――トラップに決まっている、敵方に用意された『安全っぽい』避難所を即座に発見したのは『酉』の戦士・庭取の手柄だが、あくまで作戦立案をしたのは、この平和主義者である。（一途に理想を追う平和主義者か――笑うよね）むろん、戦場で敵を――人間を殺したのが初めてということもない。平和を実現するために、進んで手を汚したことは、一度や二度ではない。十度や百度でもない。提案した和平条約が、大量の死者を生んだことさえある――それが予想外だったこともあるし、予想通りだったこともある。常に最善の行動をとり続けたつもりだが、理想を追いつつ、理想を理想通りに実現できたことなんて、数えるほどもない――今回にしても、反撃せざるを得なかった。十二戦犯側にダメージを、それも決して少なくはないダメージを与えなければ、このままワンサイドゲームで押し切られていた――されるがままに、虐殺されていた。しかしそれでも、命が失われたと聞くと、心が痛い――理想に反して、計画通りに命が失われたと聞くと。

「いやー、さすがですね、リーダー！　スコアが4―12になったときには、負け組についちゃったかと私も焦りましたけれど、悪い奴らをぶっ殺せてとてもすっきりしたじゃないですか！　さあ、ここから盛り返していきましょう！　あと十人ぶっ殺しましょう！　じゃないとこっちが殺されちゃいますからね！」（…………）これくらい気持ちよく割り切れたらなあ、と、まったく思わないと言えば嘘になるが……、だがまあ、彼女の『鵜の目鷹の目』がなければ、こうして避難が成功していないことは間違いない――そこだけは間違いなく、ねじの飛んだちゃらんぽらんな彼女の手柄だ。爆撃は他の手段で予想できたかもしれないし、用意された洞窟も、それなりの速度で発見できたかもしれないし、罠も仕掛けられたかもしれない――しかし、そこから見張りをかいくぐって、別の避難所を見つけることは、庭取がいなくては不可能だった――正しくは、別の避難所を『見つける』ことではなく、『作る』ことは不可能だった。

四戦士は今、『鳥さん』の群れに乗って、天空を飛行していた。

「羽毛製の魔法の絨毯みたいですわね――絨毯爆撃からの避難先としては、なかなか豊かですわ」と、雅《みやび》を好む異能肉は、嬉しげだった――彼女も性格的に葛藤とは無縁のほうだが、『酉』の戦士に比べれば、それでも（あくまで砂粒から見て）まともに見える。むしろ、どんな状況でもエレガントを求めるその姿勢は、戦士としても女子としても見習いたい。『戌』の戦士・怒突は、『こんなの、雲の上に乗ってるようなもんじゃねえのか？』とでも言いたげに、足場の強度を、何度も確認している――気持ちはわかる、もしも今、この『鳥さん』達が四散すれば、相当の高度から、高々度からまっさかさまに墜落することになる――用心のため、『鳥さん』達には無理をして、戦闘機が飛ぶよりも高い高度を飛行・旋回してもらっているからだ。「無理をしてって言うなら、そもそも『鵜の目鷹の目』って、監視手段であって、こんな風に、移動手段に使うものじゃないんですけどねー」と、庭取。「これは高くつきますよー。わたし、死体を『鳥葬』させることで、鳥さん達には働いてもらってるんですから。あ、でも、この第十二回十二大戦では、『双子』の戦犯をひとりと考えても、最高で二十三体の死体ができるわけですね」「あなた、自分だけ生き残るつもりですの?」「あれ、変でしたか? 元々十二大戦って、そういうものだと思うんですけれど……、気分を害されたなら謝ります。ぺこり。ところで次の作戦は?　謹《つつし》んで吹聴させていただきますよ」「作戦を言いふらすおつもり? 拝聴でしょう?」異能肉さえ呆れる庭取のねじの飛びかたはともかくとして、とりあえず、四方八方を封じられたシチュエーションからは、上空に逃げることで、脱することができた——たとえ空を見上げて、奇妙な動きを取る鳥の群れをかすかに目視したとしても、まさか『魔法の絨毯』の存在を信じるファンタジックな戦犯が、向こう側にいるとも思えない。(それに、どうあれ反撃は『成功』した——クリーンシートの零封は、もうない。嬉しい誤算ですらないけれど、『行け行けどんどん』だった戦犯が不在になれば、向こうも一旦は攻撃の手を休めるはず——これで考える時間ができた)この逃避行の中で、幾ばくかの光明を見いだすとするなら、皮肉なことに、庭取が『鵜の目鷹の目』で、古城から先に外に出ていた十二戦士——『寅』の戦士、『午』の戦士、『辰』と『巳』の戦士、『未』の戦士——と、十二戦犯のバトルを観戦した限り、向こうのほうが遥かにチーム戦に長《た》けているという点だ。十二戦士内に単身潜入していた『牡羊』の戦士を除けば、一様に、コンビ以上で活動しているらしい——『未』の戦士・必爺を殺した老紳士にしても、『午』の戦士・迂々真を先行させてけしかけるという用心深さである——原生林での戦いも、『鳥さん』が見ていた——老紳士と迂々真との、ひいては迂々真を操っていた戦犯とのコンビ活動と見るべきだ。自陣のダメージに、まさか心を痛めるほどヤワではないだろうが、それでも対処、反応せずにはいられないはずである――4―10と、まだ戦力差が否めない現状、つけ込めるとすればやはりそこである。（でも……、その『老紳士』が鬼門なのよね。背格好からして、たぶんその人が『蟹』の戦犯、サー・カンサー――会ったことはないけれど、私の先人。戦争交渉人――悪の道に堕ちたとは言え、深謀遠慮の策略家が戦犯側にいるとなると――次の作戦かあ。簡単に言ってくれるわ）こちらに考える時間ができたのはいいことだが、それはイコールで、あちらにも考える時間を与えたということだ。力業《ちからわざ》のパワープレイで押し切られる事態はどうにかこうにか回避できたけれど、老練の手練手管に、どう対抗したものか――まして、庭取の『鵜の目鷹の目』でも、未だ所在の知れていない十二戦犯も、少なからずいるのだ。『牡羊』が『子』に擬態して潜入していた以上、こちらの手の内はある程度割れているも同然だと言うのに――砂粒から見ても最強の戦士だった『皆殺しの天才』と、実力未知数とは言え団体戦ではかなりチートなジョーカーになったであろう『死体作り《ネクロマンチスト》』から狙っている事実が、一定程度、それを裏付けている。まあ、仮に『鵜の目鷹の目』のことが知られていたとしても、本人さえ考えたことがないというこんな使いかたは想定外のはずだが――「また黙りこくって、どうしました？　もう一度張り飛ばされたいのですか？」張り飛ばされてまではいないけれど、異能肉が砂粒に向き直って、挑発するようにそう問いかけてきた。「心配しなくとも、次はわたくしがダイレクトに殺してさしあげますわ——この普段使いの二丁機関銃『愛終《あいしゅう》』と『命恋《いのちごい》』でね。殺しで平和主義者を煩《わずら》わせはしませんわ——せめて4—8と、ダブルスコアくらいまでは盛り返さないと、格好がつきませんものね」労《ねぎら》ってくれているのだろうか？　いや、ただの皮肉だろう。そうでなくては困る。「ありがと、肉ちゃん。じゃあ、ここからは機関銃を軸に、策を練ってみようかな——和平案をね」「和平案？」「そう。驚き桃の木、機関銃を用いた和平案——」なんて、空元気でそんな軽口を返したが、実際には、策を練る時間などなかった。

「『牡牛』の戦犯——『誓って殺す』ルック・ミー」
「『乙女』の魔法少女——じゃなかった、『乙女』の戦犯——『仕えて殺す』アイアン・メイ」

雲海を泳ぐ羽毛製の魔法の絨毯に、横付けする戦犯が二名、現れたからだ。

2

一同が目を疑ったのは、てっきり安全圏だと思っていた高々度に、突如敵対勢力が出現したからではない——戦士も多種多様で、ありふれているとは言わないまでも、中には空を飛ぶ戦士だって、いないわけじゃあない。実際、十二戦士の中にも、ロケット燃料の液体水素を使用し、鳥よりも遥か高空を飛翔する『天の抑留』がいた——成層圏であろうと完全な安全圏などない。空を飛ぶ人間に、驚きはしても、目を疑いはしない。にもかかわらず戦士達が目を疑ったのは、現れた敵対勢力が、なんと箒に乗って現れたからだった——古きよき時代の魔女さながらに。箒にまたがって、ウエディングドレスとメイド服が登場したら、そりゃあ、目を、もしくは常識を、あるいは正気を、疑いもする。この肌寒い高度でも、コーディネートってこんなに自由でいいんだ——柔軟な発想で数々の戦争を停めてきた砂粒が、完全に虚を突かれた。瞬間的に思考力を奪われた。それが目的だったなら、目論見通りとしか言いようがないほどの大成功である。「考える暇は与えない。ひと息も半息もつかせない。それがボクらの頭脳の方針でね。封神演義《ほうしんえんぎ》でね」メイド服のほう——『乙女』の魔法少女ならぬ『乙女』の戦犯、アイアン・メイが、箒にまたがったままでフレンドリーに、雑な洒落《しゃれ》を言う。「そっちは西遊記《さいゆうき》かな?」(……私が孫悟《そんご》空《くう》で、肉ちゃんが猪八戒《ちょはっかい》ってこと?)しかし、沙悟浄《さごじょう》と三蔵《さんぞう》法師を、どう『酉』と『戌』に当てはめるのか——駄目だ、なんてことのないおふざけにいちいち真面目に対応してしまうのも、悪い癖である。(だけど、思いの外早く見つかっちゃった——まあ、『魔法の箒』をアイテムとして持つ戦犯がいるなら、『魔法の絨毯』も、そこまで想定外じゃないってことね。ファンタジック。そしてファンタスティック)しかし、空飛ぶ箒にメイド服

——そして、『鵜の目鷹の目』情報であらかじめ聞いていたとは言え、箒の後部座席（？）にまたがる長身のウエディングドレスも、なかなか度肝を抜いてくれる。（常にコンビ以上で動く原則——私達もそうできていればね。まあ、戦士じゃなくて戦犯だから——武装の自由度も、より高いってことか）自由度が高いのではなく、主張が強いのかもしれない——ならばその主張を主題に、対話は可能だろうか？　既に驚きから回復したようで、『亥』の戦士はトリガーに指をかけた機関銃を左右に構え、『戌』の戦士は今にも嚙みつかんばかりに牙を剝き、『酉』の戦士は不格好にトライデント（？）を構えているけれど、このくらいの臨戦態勢なら、砂粒ひとりで間に入って止めることができる——そう考えた矢先、「ねえ、ボクらと和解しない？」と、まさしく考える暇も与えられず、相手側から機先を制された。（わ——和解？）それは——それは、平和主義者の専売特許だったはずだ。いや違う、向こうにだって、引退したとは言え——懲戒免職を食らったとは言え、戦争交渉人はいるのだ。（サー・カンサー——でも）「うふふ、信用できないと誓いますか？」咄嗟に返事をためらう砂粒に、そして再び面食らう戦士達に対し、後部座席（？）のウエディングドレスがにっこりと笑う。「引っかけ問題でも意地悪クイズでもないと、ここに誓います——キングを殺されたのは、それくらい痛かったのだと、ここに誓います」（誓います誓いますうるさいな——キング？）ダンディ・ライオンのことか——厳密には王ではないにせよ、一国のトップに上り詰めた戦犯と言えば、『獅子』の戦犯、ダンディ・ライオンくらいのものだ——洞窟で爆死した戦犯のうちひとりは、やはり彼だったわけだ。「スコア上は今んところ、コールドゲームになってもいいくらいボクらの圧勝だけどさ、やっぱりボス格が殺されちゃうと、ボクらの士気も下がるわけよ——だから、まあ和解するかどうかはさておくとしても、いっぺんど突き合いをやめて、テーブルに着いて交渉してみない？　って話。情報交換を持ちかけてるんだと思って」「…………」「何？　乗ってこないの？　殺意びんびんなお供三人はともかく、孫悟空的には渡りに船じゃないの？」（孫悟空にお供がいると思っているあたり、やっぱり西遊記はよく知らないみたいね）あるいは知っていても、それくらいの瑕疵《かし》は構わないかと割り切っての発言かもしれないが……。（肉ちゃんを私のお供って言うのはやめてよね、あとで喧嘩になるから）折角久し振りに仲良くできているのに、今背後で、彼女がどんな優雅でない顔をしているのか、想像したくもない——ただ、渡りに船という諺《ことわざ》は間違いなかった。遥か上空で、絨毯と箒に乗りながら口にするような諺ではないが——十二大戦のルールのこともあるので、確かにすんなり和解できるなんて、いくら能天気をモットーにする砂粒でも思っちゃいないけれど、交渉のテーブルに着くというのは、極めて現実的な第一歩だ。ただし——（戦犯側からの提案、って言うのが……先手を打たれたとしか言いようがない）先手先手——そうされているうちに、コールドゲーム間際まで、戦士達は追い詰められてしまったのではなかったか。うがち過ぎか？　『こちらから提案したかった話題を先に振られたから、なんとなく嫌になっちゃった』だけなのか？　いや、違う。『鵜の目鷹の目』情報を分析する限り、混乱に乗じてボールルームから退去した断罪兄弟の行動原理は、明らかに戦犯側と通じているそれだった——確信まではさすがに持てないけれど、彼らは敵勢力からスカウトを受けていたと推測できる。ならば、この、あまりにもスピーディな交渉の申し出に、おいそれと飛びつくわけにはいかない。渡りに船と言っても、それが泥船じゃあ、西遊記どころかかちかち山だ——干支に狸《たぬき》はいない。「断るなら断るで、早く決めてよね。その場合ボクらってば、次に取る行動があるから」（次に取る行動？）その場合はただ戦闘に突入するだけだろうに、やけにもったいつけた言いかたをする——意図的に謎めかしているのもあるに違いないが、元より、戦士ではない戦犯は、外装から戦闘スタイルを想定しづらい。メイド服とウエディングドレスが、いったいどんな戦いかたをすると言うのだ？『午』の戦士を、殺せないまでも瀕死に追いやったふたり——そのバトルは屋内でおこなわれていて、『鵜の目鷹の目』では捉えられていない。「どうしたんです？　砂粒さん。あなたの大好きな和平じゃないですか。この船に乗らない手はないでしょう」（暢気《のんき》でいいな、庭取ちゃんは）「……肉ちゃん。それに、怒突くん。どう思う？」ひとまず、残る二戦士からも意見を募ることにした。交渉のテーブルに着くにせよ、着かないにせよ、自分ひとりで決めていいことではない。「スコア上、優位な側からの交渉申し入れは、どうもお情けをかけられているようで、わたくしとしてはにわかには受け入れがたいですわね」常日頃から機関銃を左右にぶら下げている割に、イメージほどには好戦的ではない異能肉は、しかしその誇り高さゆえに、歩み寄りの余地は残しつつも、そんな風に距離を取った——単純に戦犯ふたりの得体の知れなさを警戒しただけかもしれないが。（勝負を左右しかねないこんな重大なことを多数決で決める気はないけれど、肉ちゃんがそう言うなら、やっぱり――）「――俺は、乗りたいと思うぜ」ここまでほとんど喋っていなかった『戌』の戦士・怒突が、そう言った――訊きはしたものの、あまり返事を期待していなかったので、意表を突かれた。その方向性にも――直接会うのはこの十二大戦が初めてだが、噂では、『戌』の戦士は、好戦的を通り越して獰猛でさえあるはずなのに。噂が当てにならないのは当たり前だとしても、しかしここまで、あまりにもおとなし過ぎると感じていた――『戌』にしては、口も腰も重過ぎる。まして、ようやく口を開いたかと思えば、交渉のテーブルに着こうと言うなんて。これが多数決なら、『戌』と『酉』で、賛成票2である――『亥』がやや反対寄りの保留票とするなら、たとえ『申』がはっきり反対票を投じたところで、賛成が最多得票になる。（多数決で決める気は、ない。指揮官として、私が決定を下す。だけど……）敵陣の思惑どころか、自陣の思惑さえ読めない――付き合いの長い異能肉の考えはまだしも想定しやすいけれど、奔放なようでいて腹に一物ありそうな『酉』と、慎重な姿勢を崩さない割に交渉には応じようとする『戌』は、いったい何をどうしたいのだろう？（断罪兄弟が、先んじて敵陣からスカウトされていたかもしれないように、怒突くんも、虚実入り交じったヘッドハンティングされていたとか？　だから十二戦犯と接点を持とうとしている？）人を疑うのは気分のいいものではないけれど、きちんと考えるべき可能性だ――当てにならない噂では、『戌』の戦士は、児童の人身売買に絡んでいるとか、いないとか――

「答は、ノーだよ」

砂は言った。メイド服はきょとんと首を傾《かし》げて「ノー？　それって、フランス語で『イエス』って意味だっけ？」「ノーって意味だよ。承諾できない。フランス語でも『イエス』は『ノー』じゃないでしょ」「あっそう。残念。ううん、参謀氏がどう思うかは知らんけど、ボクらとしては、むしろ嬉しいか」ねー、と、メイド服はウエディングドレスを振り向いた――ウエディングドレスは笑顔を返す。フレンドリーな笑顔と、怖い笑顔――何を通じ合っている？結論を間違えたか？（ううん、これであってるはず――ノーであってるはず）何も怒突の挙動が怪しいから、というだけの理由じゃない――それもあるが、どちらかと言えば、汲んだのは異能肉の意見だ。彼女自身は後ろで、砂の結論に意表を突かれたらしい気配だけれど、まだまだぜんぜん、十二戦士側が不利な戦力差だというのに、交渉の申し入れは受け入れがたい。実のある話し合いができるとは思えない、不利な条件を呑まされかねない。（それも肉ちゃんの言う通り、せめてダブルスコアくらいまでの差じゃないと、交渉にならない。まさかこの平和主義者括弧《かっこ》笑いが、和平交渉を断るなんてことがあるとはね――）切り替えて、さあバトルシークエンスだ。当然ながら、戦闘を選択したリーダーが、矢面《やおもて》に立つ。戦闘スタイルは不明だが、このふたりの戦犯が『午』の戦士に勝《まさ》っていることだけは確かだ——どちらから制圧しようか。

「『申』の戦士——『平和裏に殺す』砂粒」

そう名乗りをあげ、魔法の絨毯から魔法の箒に乗り換えようとジャンプしかけた砂粒だったが、ここでまたしても、戦犯達に機先を制された。

メイド服がウエディングドレスを箒からどんと突き落としたのだ。

「え……？」まさか座るスペースを空けてくれたわけでもあるまい——電車じゃあるまいし、優先席なんて、魔法の箒にはなかろう。しかし、実際問題として、ベールをたなびかせながら、長身の花嫁さんは落下していく——怖い笑顔を浮かべたままで。「な、何——地上で戦おうってこと？」「ううん。任務に失敗したボクらは、死ぬのがペナルティってこと」そう言って、ウエディングドレスの戦犯のあとを追うように、メイド服の戦犯も、魔法の箒からひらりと身を投げた。めくれそうになるスカートを押さえる嗜《たしな》みこそ見せたものの、その軽やかさは淑《しと》やかさとは無縁の、おてんばだった。「てきぜんとーぼー。断られたらあなたの目の前で死ねって言われてる。自分の決断で人間が死んだら、たとえ敵でも、あなたは苦しむだろうってさ。途方に暮れろ」「待っ――」「待ちませーん。ルックさんはもう何年も前から死んでいるようなものだし、ボクは、戦うくらいなら死んだほうがマシって思ってるようなものなのでぇぇぇぇ――」魔法の箒は戦犯達が手を放した刹那に静止したが、魔法の絨毯は生物ゆえに動きっぱなしなので、高々度から落ちゆくふたりに手を伸ばしても、もう届かない――縦にも横にも、姿も声も、あっという間に遠ざかる。如意棒《にょいぼう》でも持っていれば別だろうが、『申』の戦士は孫悟空ではない。（こ……、こんな――こんな野蛮な交渉の仕方があるの⁉ これがあのふたりに課されていた、『次に取る行動』⁉ 私に精神的ダメージを与えるためだけに⁉）予想だにしない展開に絶句する砂を後押しするように、庭取がおずおずと「あのー、リーダー。お取り込み中申しわけないんですけれど、とりあえず、ここまで働いてくれた鳥さん達に、あのふたりを食べさせてあげてもいいですか？」と言ってきた――『鵜の目鷹の目』で、ふたりの落下死体を『目視』したらしい。無駄に有能だ。（精神的ダメージを与えるだけなら、それでも十分効果的だったろうに、『死んだふり』作戦でさえない――）

命を――なんだと思ってるんだ。

敵の命も、味方の命も、自分の命も――なんだと思ってるんだ。（命――命の数。せめてダブルスコアくらい――か）ああ。そこまで計算ずくのペナルティだったと言うなら、もう何も言うまい。何も言うまい。何も言うまい。「……イエスよ」砂粒は歯噛みしながら、小さく、しかしきっぱりと呟いた――ノーという意味で呟いた。「交渉を開始しましょう、サー・カンサー」

3

新旧平和主義者対決――猿蟹合戦、始まる。

（戦士4――戦犯8）

（第六戦――終）

第七戦
両天秤にかける

本名・アーロン・スミス。十月十日生まれ。身長178センチ、体重57キロ。罪名・法廷侮辱罪。主に戦争裁判を担当する裁判官だったが、どのような戦争犯罪人がどのような罪状で裁かれる裁判でも、無罪判決を連発したことで名高い。悪名高い。原告・被告の和解のための裏取引も辞さず、罪を許すためならどんな手段でも取った——暗殺でさえも。もちろんそんな罪を罪とも思わぬ、裁判を裁判とも思わぬ姿勢が永続するはずもなく、当然ながら、最高裁判長就任五年目には自身が訴えられることになった。あれだけ多くの被告に無罪判決を下した『許しの人』ではあったものの、その際には、誰からも弁護されなかった。どうやら無罪判決を受けた被告達さえも、あまりに極端な姿勢を間違っていると思っていたらしく、庇《かば》いようがなかったわけだ。有罪判決を受け、裁判官を罷免《ひめん》されて以降も、『裁く者』『許す者』としての矜持《きょうじ》だけは胸にあり、己の象徴として天秤を持ち歩いているが、分銅を武器にしてしまったのは失敗だったと思っている。当たり前だが、分銅は重い。許しじゃなくて重しだし。

1

メイド服とウエディングドレスの有能なメッセンジャー――色んな意味で有能で、異様な意味で命知らずのメッセンジャー――は、交渉のテーブルがどこにあるかを、砂粒達に告げなかったが、羽毛製の魔法の絨毯で空を飛行して、海上都市を『鳥瞰《ちょうかん》』し続けていれば、十二戦犯の知恵袋が、いったいどこに話し合いの席を設けるつもりだったのかは、おおよそ当てがつく――そこは交渉人として初歩の勘所だ。第一候補は間違いなく人工島の中心部だった古城だろうが、それはもう跡形も、影も形もないので、第二候補――コロッセオだ。その特異なデザインだけでは、どこから移築されてきた遺跡かまではわからないけれど、いかにもと言った風情である。十万人は収容できそうな観客席にはもちろん誰もおらず、野球のグラウンドを三面は展開できそうな、だだっぴろい舞台には、今現在。

戦士と戦犯が、合わせて十二人集《つど》っていた。

十二人——本来の十二大戦の参加可能人数であり、それを思うと、これから総員で和平交渉を開始しようというのは、皮肉を通り越して風刺的とさえ言える、ともすると運営委員会に対する反逆行為とも受け取られかねない奇行ではあった。十二人——その内訳は、戦士四人に戦犯八人。『申』の戦士——砂粒。『酉』の戦士——庭取。『戌』の戦士——怒突。『亥』の戦士——異能肉。『牡羊』の戦犯——フレンド・シープ。『蟹』の戦犯——サー・カンサー。『天秤』の戦犯——バロン・スー。『蠍』の戦犯——スカル・ピョン。『射手』の戦犯——ウンスン・サジタリ。『山羊』の戦犯——ゴー・トゥ・ヘヴン。『水瓶』の戦犯——マペット・ボトル。『魚』の戦犯——ドクター・フィニッシュ。それぞれ一列に整列して、それこそこれから礼に始まり礼に終わる球技でもおっぱじめそうな雰囲気さえ漂うが（『よし、わかった、クリケットで決着をつけよう！』）、しかしまあ、話し合いがたとえどう転がるにしても、そんなスポーツマンシップにのっとった結論に辿り着かないことだけは間違いがなかった——まんまとおびき出された戦士側の名目上のリーダーとして、砂粒はまず、直接対峙した敵対勢力の戦力分析をおこなう。（全員、『初めまして』だね——指名手配の写真やモンタージュで、お目にかかったことはあるけれど）見るからに個性溢《あふ》れる八人の戦犯の、目を引くのはやはり、砂粒にとっての『偉大なる先人』、スーツを着こなす老紳士、『蟹』の戦犯、サー・カンサー——そしてこともあろうに平和主義者の目の前で、『皆殺しの天才』と『死体作り《ネクロマンチスト》』を瞬殺してみせた、『牡羊』の戦犯、フレンド・シープ。（このたびは、擬態なしの素顔かな——あれが素顔だとしたらだけれど。大人しそうな子、羊みたいに）現役の戦争交渉人としては、伝説の暗殺者、『蠍』の戦犯、スカル・ピョン（実在したんだ）から目を離すわけにはいかないが、そんな油断のならない戦犯達とは別枠で、注目せざるをえないふたりがいた――『山羊』の戦犯と『魚』の戦犯である。患者衣を着て車椅子に乗った顔色の悪い少女、ゴー・トゥ・ヘヴンと、その隣に立つ、白衣を着てドクターバッグを携え、つんと澄ましたドクター・フィニッシュのふたりだ。（あのふたりが）と、砂粒は思う。（あのふたりが、怒突くんの――）

2

「かちかち山ですか。つまり、狸さんがおばあさんを鍋にしておじいさんに食べさせるという残虐描写が昨今省かれがちなのは、あるまじき改悪じゃないのかという議論がさかんにされますけれど、そもそもそれ以前におじいさんは狸さんを狸鍋にして食べようとしていたんだから、お互いさまなんじゃないかと、リーダーは仰《おつしや》りたいわけですね？」「庭取ちゃん、私の話、本当に聞いてた？」なぜ『かちかち山』というキーワードだけが引っかかったのだろう――と、そう砂粒が思ったのは、コロッセオでの和平論戦が始まる、一時間前のことである。まだ魔法の絨毯という、究極のプライベートジェットに搭乗中だ——敵陣との交渉を始める前に、リーダーとして味方と話さないとならない。意見を募りはしたものの、独断で『ノー』と言い、そして直後に『イエス』と、朝令暮改を地で行ったリーダーとして——交渉のテーブルに着いたとき、こちら側の意見がバラバラでは、最悪、その場で仲間割れが始まってしまう。それこそが相手の思う壺かもしれないという読みは、決して疑心暗鬼の産物ではあるまい——『亥』の戦士・異能肉とは、これまでいろんな戦場で、敵だったり味方だったり、敵のふりをした味方だったり味方のふりをした敵だったりしたことがあるので、多少は互いを知っているつもりだけれど、やはり『酉』の戦士と『戌』の戦士が気がかりだ——特に、不可解な怒突の態度である。抱える事情に深入りしないのが平和実現の手段になることもままあるが、今回のケースは、ここまで来ればそうではない——腹を割るしかない。(それは、もちろん、こっちもね——肉ちゃんにはバレバレだったけれど、私だって今回、通常運転だったわけじゃない——今回は何もかもがイレギュラーよ)腹を割ると腹をくくり、そして絨毯の上で小さな円陣を組んで、砂は議論の口火を切ったのだった——なので、庭取からの、ピントの外れた返答に、いきなりごっそり気勢を削がれた気分になった。(まあ、これがこの子なりの処世術なのかな——すべてに本気にならず、全部を絵空事の童話みたいに捉えるっていうのは)そういうメルヘンチックな性格を、頼もしいと思う者もいるだろうし、御しやすいと思う者もいるだろうが、自分ではリアリストのつもりの砂粒にしてみれば、かなり厄介だ。『本気』が通じない——『真実』も通じない。「殺す気で襲ってくる敵ならまだしも、非戦闘員がばかすか死んでいくのは、わたくしでも気分のいいものではありませんわね。優雅でもありませんわ」その点、異能肉はわかりやすかった――価値観は砂とは随分違うけれど、軸がはっきり通っているので、取引が成立するのですから。「戦犯が、もしも戦う気がないと言うなら、和解もありでしょう。彼らは戦士ではないのですから。ただし、交渉はあなたに一任しますわよ——わたくしはそういうデリケートなのは苦手ですわ」デリケートな戦士がよく言う、と思ったが、思っただけで、言わない砂。まあ、ここまでは織り込み済みだ――さあ、問題の『戌』の戦士は？「ねえ、怒突くん。あなたはどうして、和解交渉に賛成だったの？　あの状況で、あなたが賛成票を投じる理由が、私にはよくわからなかったんだけど」「……俺なら問答無用でがぶりと噛みつくとでも思ってたかい？」自嘲気味な笑みを浮かべた彼から、返答があった。てっきり返答を拒否されるものと思ったが、彼も彼で、もうだんまりを決め込める状況では――苦境ではないと、そう判断したのかもしれない。「俺の悪名が伝わっているみたいで嬉しいぜ、平和主義者のねーちゃん」（ね、ねーちゃん？）くん付けで呼んだことへの意趣返しだろうか？　童顔が悩みの砂粒としては、その呼びかたはむしろちょっと赤面ものだったが。「俺はな、ねーちゃん。あんたや、スカウトを受けていたとあんたが読む断罪兄弟みてーに、今回の十二大戦のテーマを、事前に情報をつかんでいたわけじゃねえよ。十二戦士で殺し合う気満々で、作戦を練りまくって、半笑いのポーズでこの島に上陸したぜ」「…………」断罪兄弟についての推察は、さっき既に述べたが

――砂粒が十二大戦に関しての不穏な動きを、かすかにではあるが、あらかじめつかんでいたことはまだ話していないのに――これから言葉を選んで話すつもりだったのに。粗雑で、ぶっきらぼうな態度は見せかけか？「だがな、ご存知の通り、俺は断罪兄弟と同じで、比較的戦争犯罪人に近いタイプの戦士だ。比べるべくもなく、な。戦争犯罪人に、限りなく近いと言ってもいい」「…………」「だから、戦犯との殺し合いなんてまっぴらだって、そう思っただけだ……、これで説明になってるかい？　ねーちゃん」投げやりとも取れるその説明に、「なってませんわ」と答えたのは砂ではなく、異能肉である。砂は『ませんわ』なんて言わない。「あなたが戦士であろうと戦犯であろうと、十二大戦の参加者であることは確かでしょう。殺し合う気満々だったのでしょう？　戦士同士の殺し合いならオーケーで、戦犯相手の殺し合いは御《ご》免《めん》被《こうむ》りたいなんて、筋が通りませんわ」「筋を通すつもりもないんでな、レディ」（私はねーちゃんで、肉ちゃんはレディか。庭取ちゃんは何だろう）少し思考がズレた。「あー、あー、わかったよ、白状するよ。どうでもいいことだし、そんなにこだわりもねー。すげー単純なことだし、あんたらにとってはどうでもいいことだ――あいつらにとってもな。そんなことを気にしてるのは、俺だけだって話さ」怒突はくあ、と大きく、いかにもわざとらしく欠伸をしてから言った。「連中の中に、俺の教え子がふたりほどまじってんだよ」

3

「教え子？　教え子って——」「教え子ってのは正しくねーかも。弟子でもねえ。その昔、俺が売りさばいたガキだ——商品って奴だ」子供の人身売買——当てにならない噂にも、多少の真実は混ざっていたわけか。「『山羊』の戦犯、ゴー・トゥ・ヘヴン。『魚』の戦犯、ドクター・フィニッシュ。あいつらは、もう俺のことなんて覚えちゃいねーだろうが、まあ、なんて言うか、優秀な商品——人間兵器だったからな。懐かしく思い出せるわ。将来は、立派な兵隊さんになるんじゃないかと期待していたが、まさか戦犯としてその名を聞くことになるだなんて、驚かせてくれるぜ」もっとも、俺が売り払った頃にはまだ、ゴー・トゥ・ヘヴンとも、ドクター・フィニッシュとも、名乗っちゃあいなかったがね——と、怒突は両手を広げた。それ以上話すことはないと言いたげだ——確かに、それで十分だった。第十二回十二大戦のテーマが発表された際——ターゲットとして十二星座の戦犯の名が挙げられた際、『殺し合う気満々』だった怒突が、どんな思いに囚われたのか、想像するには十分だった。余りあるほどに。（教え子、か——正しくはなくとも、ついそう呼んじゃうような存在ってわけなのね）「……だから、殺し合いを避けたいってこと？　交渉ができるなら、したかったってこと？　十二戦犯全体についてはともかくとして、少なくとも、そのふたりとは――」「そんな感傷的なもんじゃねえよ。知り合いと殺し合いなんて、戦場じゃあよくあることだ。あるあるだ。戦争犯罪人に墜《お》ちたとなれば、かつては保護者だった俺が引導を渡してやるべきだって考えかたもあるあるだしな――だから迷ってた。ねーちゃん、あんたと同じで、方針を決めかねてた」「…………」「そんなわけでさっき、和平交渉はありかなしかと訊かれたとき、うっかりありって答えちまったけれど、それもちょっとした心の迷いみてーなもんだ。既にめんどくせーって思ってる。血迷っただけとも、世迷いごととも言える――くくく。今、もういっぺん訊かれりゃ、和平交渉なんて馬鹿馬鹿しいって言うかもな。顔を合わすのが気まずいからぶっ殺す、とも」「……私は、こういう奴だから」と、砂粒は言う。「あなたの知り合いがあちらサイドにいるんだったら、その関係性をフックにして、うまく和解に導こうとか考えちゃうんだけれど――向こうが怒突くんを覚えていないっていうのは、確実？」「覚えてたほうがまずいだろうな。俺はスパルタだったから。お礼参りを計画されてる恐れがある。その場合、交渉に行くのは殺されにいくようなもんだ」「…………」「えっと、じゃあ、僭越《せんえつ》ながらわたしが話をまとめますと」庭取が重くなりかけた空気を払拭するように、ぱちんと両手を叩いた。「つまり、『かちかち山』のラストで、兎さんに狸さんは復讐されちゃいましたけれど、たぶんおじいさんの食文化を鑑《かんが》みますと、兎さんはそのあと、おいしくいただかれちゃってるってことですよね?」「庭取ちゃん、もう話、聞かなくてもいいよ?」

4

(覚えて、なさそうだね)そして今、コロッセオで十二戦犯——の生き残り八名——と向き合って、砂は、『山羊』の戦犯と『魚』の戦犯が、怒突に目もくれない様子を確認する。怒突がどんな表情をしているのかは、横並びの角度からでは見えないが、ふたりの『教え子』に、恩師(あるいは怨師)との再会を、喜ぶような色はない——それを怒突がどう思っているかは定かではないけれど、まあ、交渉人としては、それならそれでいいと、前向きに捉えるしかない。実際、子供時代に商品として売りさばかれた戦犯なら、商売人を恨んでいる公算のほうが高かった——それを忘却するほどの人生を送ってきたとなると、個人的には同情したくもなるが、今はそれさえ許されない。個人戦ではないのだ。(ドクター・フィニッシュは、『寅』の戦士を後ろから刺している——医療班だからと言って、戦えないわけじゃない。『山羊』の戦士はあぁして車椅子に乗っているけれど、だからと言って歩けないとは限らない、かな——)簡易分析終了。そして。

「初めまして、砂粒さん。お噂はかねがね。こうして会えて光栄ですよ」
「初めまして、サー・カンサー。お噂はかねがね。こんな形でお会いしたくはありませんでした」

新旧交渉人対決。交渉のテーブルに着くと言っても、コロッセオに実際に、テーブルが用意されているわけではない。十二戦士と十二戦犯が、正しくは四戦士と八戦犯が、向かい合うように立っていて、いつでもバトルに突入できる間合いだ。ただ、もしも今、この場で殺し合いが始まれば、有利なのは、人数では不利な戦士側だと砂は見る。当然、コロッセオ上空では、『鵜の目鷹の目』が、目を光らせている——キャラクター性はともかくとして、『酉』の戦士・庭取の監視スキルは、交渉の場では卑劣なほどに有用過ぎる。むろん、その対策を、老紳士が練っていないとは思えない——表舞台で直に会っても、裏のかき合いだ。「では、妥協点を探りましょうか。あなたのことだ、砂粒さん。きっと、この場の全員が生き残れる方法を、摸索してらっしゃるのでしょう?」サー・カンサーは柔和そうな表情を浮かべてから、ステッキ傘を地面に打ち付けた。「ぼくもまったく同じ気持ちです。全員で助かりたい。死にたくないのは、戦士も戦犯も同じでしょう」「……あのふたりも、死にたくはなかったのでは?」「いいえ、あのふたりは死にたかったのですよ。あのふたりだけは」「…………」「そうですね。そういう意味では、我々はあなたがたが思っているほど、一枚岩ではありません。たとえば――スー」砂が静かになったのを受けて、サー・カンサーは、自陣に呼びかけた――呼ばれた戦犯、マントを羽織った戦犯が、数歩前に出て、こちらの列とあちらの列の、ちょうど真ん中で足を止める。（スー――彼はバロン・スー。『天秤』の戦犯――）砂粒の知る限り、確か元最高裁判長のはずだが、そんな威厳や迫力に欠けている、なんだか全体的にのっぺりとした印象である。トレードマークのように片手に分銅をぶら下げている佇《たたず》まいは奇矯ではあるものの、メイド服やウエディングドレスを見たあとでは――メイド服やウエディングドレスの自由落下を見たあとでは、大して異様でもない。それだけに不気味でもあったが、確かにバロン・スーのスタンスは、一般的に想定される戦争犯罪人とは、ズレているだろう。（無罪判決を連発し――と言うか、ほぼ無罪判決しか出さず、免職された裁判長――）平和主義者どころではない、そこだけ切り取ると、信じられないような博愛主義者だ――数々の戦争を和解に導いてきた砂粒とて、誰も罰することとなく、誰にも責任を取らせることなく、戦いをまとめられたことはない。（見方を変えれば酷い無責任主義者ってことにもなる――だからこそ罷免され、戦犯扱いを受けているわけだし）「どうです？　この『天秤』に、交渉の立会人になってもらうというのはいかがでしょう？　会談には仕切り役も必要でしょう――水掛け論や言った言わないは、余生の短い老人としては避けておきたい、時間の無駄ですのでね」「……私の余生も、長いとは限りませんが」と、砂はエスプリを利かせてから、「いいでしょう」とうべなう。「公正な裁判官の登場は、望むところです」断罪兄弟や怒突が、戦犯に限りなく近い戦士だったとするならば、バロン・スーは、戦士に限りなく近い戦犯と言うこともできる——あくまで十二星座の戦犯なのだから、公正どころか中立さえ期待はできないけれど、こういう場は、誰かが仕切ると話がスムースなのも確かだ。進めかたに不満があれば、それはそのときに言えばいい。むしろその不公平によってアドバンテージを得られる。土台、ステータスはともかくとして、人数の利があちらにある以上、ある程度のイニシアチブは譲らざるを得ない——譲りどころとしては、このくらいがむしろ望ましい。和解条件で妥協するよりは。「では、どちらも不満がないようなら、不肖、この俺が間に入らせてもらおう。俺は俺のことを、正義だと思っているから」中央で、両腕を広げて、元最高裁判長が宣言する。その声の音程からして、どうやら『彼』は、『彼』ではなく『彼女』のようだった——まあ、男装の麗人は、戦場では珍しくもない。少なくともメイド服やウエディングドレスよりは。

「『天秤』の戦犯——『間《あいだ》を取って殺す』バロン・スー」

じゃなくて、と『彼女』は続けた——じゃなくて？　魔法の箒に乗っていたメイド服の戦犯みたいに、名乗りを間違えたのか？　そうではなかった。間違えたのではなく、偽《いつわ》ったのだった——もっと言えば、模したのだった。擬態したのだった。つまり、正しくは——

「『牡羊』の戦犯――『数えて殺す』フレンド・シープ」

広げた両腕で、そのまま『彼』は――『彼女』は、砂粒の顔面めがけて、分銅を振り回してきた。およそ『許し』の人物、無罪判決を連発した元最高裁判長の振る舞いではなかった――しかし、そのスピーディさには覚えがある。スタート地点のボールルームで、『丑』の戦士と『卯』の戦士を瞬殺した動きだ。(『敵』のみならず『味方』にまで擬態する――『牡羊』の催眠術)戦犯側から選ばれた司会役を警戒していなかったわけではないけれど、しかし戦意や殺意さえも自己催眠で消し、許しの人物になり切られていては、かわしようがない。『鵜の目鷹の目』の見張りもかいくぐられる――どれほどの数の目で見張っていても、それらすべてに幻を見せていたのであれば。失井や憂城が、ああも他愛なく殺されてしまったことが、同じ立場になって腑に落ちた――確かにこれは避けられない。ビッグサイズの分銅で、頭部を木っ端微塵に砕かれざるを得ない――もしもそれよりも先に、バロン・スーだったフレンド・シープの頭部が木っ端微塵に砕けなければ。

「『亥』の戦士――『豊かに殺す』異能肉」

火を噴いた二丁機関銃、『愛終』と『命恋』。尽きることのない弾丸、『湯水のごとく《ノンリロード》』が、フレンド・シープの頭部のみならず、身体髪膚《しんたいはつぷ》すべてを蜂の巣にした。「思ったほど有名ではありませんのね、わたくし――わたくしにとっては残念なことですけれど、その不明は、あなたがたにとっては死因ですわ。同じ手が二度通じるほど、間抜けに見えましまして？　香水は変えたらいかが？　猪は鼻が利きますのよ」

5

蜂の巣になったフレンド・シープが地面に倒れると同時に、戦列に並んでいたフレンド・シープだった戦犯が、バロン・スーに戻った――バロン・スーの死体と化した。ボールルームに出現した『子』の戦士の死体と違って、殺されたてほやほやの、蜂の巣状の死体である。同じように穴だらけになって。理屈はわからないが、どうやらこの『入れ替わりトリック』は、単純な催眠術や早替わりではなく、相応にリスクの高いスキルではあったようだ――擬態するためには擬態対象をあらかじめ殺害しておかねばならないとか、なり切って入れ替わっている間は対象も術者になり切って入れ替わることになるとか、術者が受けたダメージは同期するとか、そんな感じの。それほど効果的な戦闘テクニックなら、知られていないのが不思議だといぶかしんでいたが、付随する制約を考えれば、ここぞというときにしか――『皆殺しの天才』や『平和主義者』を殺すときにしか――使いようのない技術だったわけか。（つまり戦列には、バロン・スーの死体に催眠術をかけて、自分の代わりに立たせておいたってこと？　後催眠ならぬ死後催眠……、それが術者の死によって解けたってこと？）『子』の（腐敗した）死体は、『牡羊』の戦犯に擬態させた上で見張りという形でボールルームのそばに待機させていた――仕組みの違うある種真っ当な入れ替わり、そんなところか。ともあれ、異能肉の機関銃は、同時に戦犯ふたりを撃ち抜いたようだ――ちなみに、『猪は鼻が利きますのよ』なんて、洒落のめした台詞で締めているけれど、別に彼女は、擬態を匂いで見抜いて、司会者の正体を看破したわけではない――たぶんフレンド・シープは香水なんてつけていないし（戦場でフレグランスを香らせているのは世界広しと言えども、豊かな彼女くらいだ）、鳥類にまで効き目のある催眠だ、間違いなく嗅覚を含む、五感すべてに作用する。にもかかわらず、彼女の射撃が間に合ったのは、あらかじめ砂粒が頼んでいたからである――『戦犯側が怪しい動きを見せたら撃って』と頼んでいたわけではない。『交渉が始まる前に、誰でもいいから狙って撃って』と頼んでいたからである――だから間に合った。仮に、バロン・スー（に、擬態したフレンド・シープ）が、分銅を振りかざさなくても、異能肉は、何かのきっかけを見つけて戦犯の誰かを撃っていた――きっかけがなくても、戦犯の誰かを撃っていた。その射撃対象は、交渉人のサー・カンサーだったかもしれないし、あるいは怒突の教え子の、ゴー・トゥ・ヘヴンやドクター・フィニッシュだったかもしれない。『天秤』らしく、一歩前に出て、両陣営の間に立ったのが——間を取ったのが、『牡羊』の運の尽きだった。異能肉風に言うなら、死因だった。あえて誰それ以外を狙ってとか、あるいは、手足を狙ってとか、射撃に制限は加えなかった——そんな細かい制御が、乱射乱撃の『湯水のごとく《ノンリロード》』に効くはずもない。（『殺さないで』——とも、言えなかった）ふたり死んだことも、だから、予想外とはとても言えない——洞窟の爆破と同じだ、予想通り、覚悟通りの結末である。（結末？　違う。これは始まりだ）「なるほど。可愛らしさと相反して、肝は据《す》わっているようですね。ぼくと交渉する資格はあるようだ。あんな挨拶代わりのおふざけで殺されるようでは、交渉どころか、平和を語る資格さえありません」サー・カンサーは、目の前で倒れたフレンド・シープの死体に一瞥《いちべつ》もくれず、後ろで倒れたバロン・スーの蜂の巣死体を振り向きもせず、一分前と何ら変わらぬ柔和な笑みを浮かべて、深々と一礼した。そして顔を起こして、こう続ける。「しかし、あなたのせいでまたふたり、人間が死んでしまいましたね、若造」「はいはい、そうですね。私のせいでまたふたり人間が死んでしまいましたけれど、だから何？　それがあなたに関係ありますか？」砂粒は優しく言った。「綺麗事なめんなよ、グランパ」

6

戦死者を出しつつ、交渉は続く。
交渉中にも人は死ぬ。

（戦士4――戦犯6）
（第七戦――終）

第八戦

蛇《だ》蝎《かつ》のごとく忌み嫌う

スカル・ピョン◇『名前が欲しい。』

詳細不明。

1

（ようやく――初めて、この第十二回十二大戦、戦士側が戦犯側に対して、先手を打てたという感じですわね）と、『亥』の戦士・異能肉は思う。（『綺麗事なめんなよ』、ですか――依怙地《いこじ》なまでの決意の遅さにはほとほと呆れ果てますが、決断の早さは、十二戦士一ですわね、この不愉快な平和主義者は）もっとも、だからと言ってコロッセオにおけるこの交渉、交渉という名の決闘において、戦士側がさほど優位に立てたわけでもない。（『牡羊』の戦犯と『天秤』の戦犯――我ながら、大物を殺してしまったものですわ。こちらの戦力を『子』の戦士も含めて三名分、削いでくださった『牡羊』はともかく、流れ弾とも言うべき二次被害で『天秤』を殺してしまったことは、わたくし的にはあまり優雅とは言えませんが――しかしながら、『子』の戦士同様、先んじて殺されていた最高裁判長だと思うと、大して罪悪感もありませんわ）そもそも、バロン・スーが現役時代に無罪判決を連発したせいで、世に出た戦犯の数の多さを思えば――断罪兄弟がそうだったらしい――、あの戦犯がここで死ぬのは、ある種自業自得でさえある。（それでもまだスコアは4―6……、わたくしは単純に、ダブルスコアまで盛り返せば、相手がたを追い詰められると考えていましたが――どうも、戦犯の思考は、戦士のそれとはまるで違うもののようですわね）こうして『申』の戦士・砂粒と向かい合う『蟹』の戦士、サー・カンサーを見ていると、そう思わざるを得ない。（普通なら、4―8のスコアで交渉が始まったなら、その差を維持するか、あるいは広げることを考えるものですが――ここまでのあらましからして、どうもあの老紳士は、その差を、『死んでもいい人数』と計算している節がありますわね。たとえクリーンシートのスコンクが理想でも、全員で助かりたいなんてこれっぽっちも思っていない）そうでなければ、砂粒を嫌な気分にさせるためだけに、メイド服とウエディングドレスを、自殺志願のメッセンジャーに差し向けたりはすまい――あの時点では4―10だったから、戦犯側は、『六人までなら死んでよかった』。コロッセオに集《つど》った時点での4―8は、『四人までなら死んでもいい』ダブルスコアだった――だから『牡羊』の戦士を『天秤』の戦士に化けさせた。ひょっとすると、一枚岩じゃなかった戦犯側が、浮いていた『天秤』の戦犯を、いい機会だから始末しようと考えたのかもしれない――それはあくまであちらの台所事情だが、なんだかんだで4―6の現在。（向こうの交渉人は、この状況ではまだ『ふたりまでなら死んでいい』と考えていますわ――とんでもないことに人数差を、点差と考えていますわ。わたくしも、それなりに残酷なほうだと自負しておりましたけれど、ここまでクールに徹することはできませんわ）それは優雅ではない。とは言え、普通、戦士にはない強みだと認めざるを得ない。（そんな参謀に従う戦犯も、相当、どうかしていますけれどね。メイド服とウエディングドレスがどうだったかはわかりませんが、十二戦犯は、はぐれ者だったと見えるバロン・スーも含めて、生死問わずの重罪人ですものね。『どうせ捕まったら死ぬんだから』と命知らずになれる分、大胆不敵にもなれるわけですか——その点どうなさるつもりですか？　砂粒）異能肉が知る平和主義者は、こんな凄惨なシチュエーションでも、こんな泥沼なルール設定でも、こんな筆舌に尽くしがたい対戦相手でも、本気で全員で生き残ろうとする愚か者だ——敵味方合わせて二十四人いたなら二十四人全員を、十二人いたなら十二人全員を、合計十人の現状なら、十人全員を助けようとする馬鹿だ。（だけど——お間抜けさん。あちらの六人を、いったいどうすれば助けたことになるのですか？　ここで殺さなかったとしても、どうせ死刑になってしまう犯罪者ですわよ？）『蟹』の戦犯——『蠍』の戦犯——『射手』の戦犯——『山羊』の戦犯——『水瓶』の戦犯——『魚』の戦犯。（十二戦犯——『戦争よりも罪深い』と言われた救えない連中を、どうやって救うと言うのですの？）

2

「あなたがたの目的を教えてください。力になれるかもしれません。私達はあくまで一戦士に過ぎませんが、もしもこの第十二回十二大戦で、形の上だけでも勝利することができれば、それぞれ『どんな願いでもたったひとつだけ叶えられる』立場にあります」砂粒は、考えながら喋る――なんとなく、異能肉から心配されているらしいことは肌で感じたが、今は彼女を安心させてあげるのが仕事ではない――目前の老紳士、『蟹』の戦犯、サー・カンサーから目を切るわけにはいかない。このような状況下での交渉はさすがに初めてだったが、これまでの戦争交渉人としての経験をフル動員しながら、考えて考えて考え続ける――全員が助かる方法を。今生きている、全員が助かる方法を。地球上の全員を助けるつもりで考える。「そして、あなたがたがどこまで聞いているのかわからないので、細かい点までぬかりなく説明させていただきますが、今回の十二大戦のルールは、十二戦士対十二戦犯という団体戦でこそありますけれど、厳密に言えば、通例の十二大戦とは違って、殺し合いではありません――審判員のドゥデキャプル氏は言っていました。あなたがた、十二星座の戦犯を生死問わず、全員捕らえることが、今回のテーマだと――生死問わず。生死問わず。デッドオアアライブ――つまり、生きていてもいいいいんです」もちろん、そのルール上の穴には、最初から気付いていた――あまりにもあからさまな穴だった。今から思えば、引っかけられたのだと思う――殺し合いが前提過ぎる十二大戦に、平和主義者の砂が、常日頃から反対姿勢を示していることは有名である。だからこそのトラップ。以前から十二大戦を『停戦』させたかった砂粒は、第十二回十二大戦の開催を巡って、不穏な動きがあること自体は把握していなくもなかったので、団体戦であることそのものには、そこまでびっくりさせられなかった——唖然となってしまったのは、まるで自分が考えたかのような、甘いルール設定である。『生死問わず』しかり、『十二人全員の願いが叶えられる』しかり。その穴の意味を気にかけて慎重ぶっているうちに、またたく間に、『丑』の戦士と『卯』の戦士が殺されてしまった——（まあ、あのレベルの瞬間芸、気を取られてなくっても、止められなかっただろうけれど——）けれど、それで出遅れてしまったのも確かだ。あからさまな隙を見せられたことで、不覚にも、十二戦犯よりも十二大戦運営委員会のほうに、意識を釘付けにされてしまった。（とは言え、ここで切り出さないわけにもいかない——無駄だとわかっていても）「いかがでしょう？　つまり、『デッドオアアライブ』なんて危険な香りが漂う刺激的な言葉を真に受けず、あなたがたがここで投降してくだされば、これ以上、犠牲を出さずに済むんです。誰がどう考えても、これ以上の和解条項はありません」砂はにこやかにそんな嘘をついたが、「ふふふ」と、サー・カンサーははぐらかすようにジャケットの胸ポケットに手を入れた——ピストルを取り出す？　違った、取り出したのは懐中時計だ——えらく芝居がかった紳士のアイテムである。「だらだら話していても、キリがありませんからね。タイムリミットをあらかじめ決めておきましょうか——キリよく十二分でどうです？」「…………」キリがいいとは思えなかったし、十二分では短過ぎると感じたが、ここで弱味は見せづらい。平和主義者の後輩として、『もっと時間をください』とは言えない——これは意気地やプライドの問題じゃない、システマチックな交渉の手続きだ。

綺麗事は言っても、泣き言は言わない。

「十二分ですね。はい、十分です。いえ、十二分です」頭の中で、ストップウォッチのスイッチを押した——同時に異能肉にサインを送る。モールス信号やらではない、その昔、戦場で味方同士になったときに決めた、ふたりの間だけで通じる符丁だ——覚えてくれていたらいいのだけれど。意味は『十二分後に乱射開始』。（庭取ちゃんと怒突くんには伝わらないけど、仕方ないか）とにかく、後《おく》れを取りたくない。「我々が投降すれば、あなたが言うところの『平和裏に』決着がつくというわけですか——砂粒さん。いやはや、見事な手腕ですね。たくましい後進が育っているようで、嬉しい限りですよ。これで万事解決の大団円ですね」「……あまりいい印象は、持ってもらえなかったようですね」「そりゃあそうでしょう。デッドオアアライブなぼく達を、生け捕りにしてくださるというのは、ありがたくて涙がちょちょ切れますよ——だけど、生け捕りになったぼく達は、その後、どうなります？　死刑判決が下るだけじゃないですか」「それには私の分の願いを使いましょう。今ここで、私達に勝ちを譲っていただけるなら、あなたがたの減刑を願うと、約束します」「減刑？　ですか？　免罪ではなく」「それはいささか、虫のいい司法取引かと。私は、スーさんとは違います——無罪放免はできません」「無罪放免に限り、そのアイディアを検討すると言っても？」「答は変わりません。犯罪者

「戦士と戦犯の無罪放免は、平和どころか、混乱を招くだけです。混乱を、あるいは戦乱を」「それはいずれ、時間のあるときにとの線引きはどこにあるのか、お訊きしたいものですね」「この歳で懲役二百年を科されるくらいなら、死んだほうがマシですね。見てください、他のメンバーも、みんな、同じ意見ですよ」言われるまでじっくりと――たとえば面会室ででも」

もなく、ずっと見ている――サー・カンサーだけでなく、残る五人の戦犯も、常に視界に入れている。十二分と期限を切ったからと言って、他の戦犯が、おとなしくタイムリミットを待つとは限らないのだから。基本的に、ルール無用だから戦争犯罪人なのだ。（そして――見る限り、確かに、同じ意見みたいね）死んだほうがマシ、なんて、簡単に言わないで欲しいが、今でも信じられないほど簡単に死んでしまったメイド服とウエディングドレスを見せつけられてしまった以上、それがはったりでないことは痛感している。（……私じゃあ免罪を願ってあげられないけれど、肉ちゃんや庭取ちゃんや怒突くんなら、どうだろう？　私以外の戦士が願うのを止める権利は、私にはない――ただ、三人とも、そんなことを願うタイプじゃないよね）

「問題を先延ばしするのも、ひとつの案だと思いますよ。現状、スコアは4―6ですが、それでも私達とこのまま殺し合いを続ければ、あなたがたが全滅する可能性は、ゼロではないでしょう。ひとまず、その可能性をゼロにするというのは？」「問題の先延ばしですか。なるほど、若い人の発想ですね。羨ましい」いちいち年齢差を強調してくれる。もう無視しよう。「私達を殺したくて殺したくてたまらないというのであれば、是非もありませんが――」「まさか。

ぼく達は戦犯ではあっても、殺人鬼ではありませんよ――まあ、大体は」余裕のつもりなのか、サー・カンサーはちらりと横目で自陣を見やった――あろうことか砂から目を切ってみせた。己に注目が集まったことを察したのか、漆黒の分厚いエナメルで、外骨格のごとく全身を包んだ覆面の戦犯は、

「『蠍』ノ戦犯――『嫌々殺ス』スカル・ピョン」

と、タイミングを大外しで名乗った。その言動だけを受ければ――それに、意外とその抑揚だらけの声質は、あたかも丸文字で書かれているかのように――愛嬌たっぷりだったが、この戦犯がこれまでに殺した人間の数を、判明しているだけでも数えれば、可愛げなんてものは欠片も感じられまい。（殺人鬼――じゃなくて、暗殺者、だけどね）十二大戦の『どんな願いでもたったひとつだけ叶えることができる』という万能の口約束でさえ、『暗殺者、スカル・ピョンを免罪にしてください』なんて願いは、叶えられないかもしれない――減刑でさえ不可能かも。「ただ、殺人鬼でもありませんし、勝負の鬼でもありませんが、勝ちを譲れと言われて、すんなり譲れるほど、ぼくは枯れてはおりませんのでね」「なぜです？　勝ち負けなんて、とんでもなくどうでもいいでしょう。生き死にに比べれば」「ジェネレーションギャップを感じずにはいられませんね。命よりも大切なものがあると信じられないとは」「命が大切なものだ

と信じられないよりは素晴らしいんじゃないですか？」いかん。年齢差によるマウンティングは無視するはずが、ちょっと嫌みっぽい言いかたになってしまった——すぐに軌道修正する。「そこまで言うのでしたら、あなたがたが勝ちにこだわる理由を教えてください。私達を殺して、どうするって言うんです？　仲間を殺してまで、私達を殺してどうするって言うんです？　あなたがたにどんないいことがあるんですか？」「名誉が欲しい。勝者の名誉が——そう言ったら、モラリッシュなあなたは納得してくれますか？　納得して負けてくれますか？　負けて殺されてくれますか？」戦犯として追われる不名誉を、戦士に勝利することで払拭したい——汚名返上し、名誉挽回したい。こうして文章にすると、なるほど、行動原理に論理的整合性があるようにも見えるが、納得はできるはずもない——殺されてあげられるはずもない。（——でも、『負けてあげる』ならどうだろう？　勝ち負けがどうでもいいと言ったからには、結末は、私達の敗北でもいい——全員、生き残れるなら）砂はそう思い、残り時間を計算しながら（あと五分五十八秒。前半終了）「ねえ、サー・カンサーさん。私達戦士の勝利条件が『生死問わず』だとして、あなた達戦犯の勝利条件は、何なんですか？」

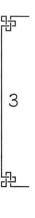

3

結局のところ、そこだ。彼らは何をしたら勝ったことになるのだ？　そして、負けたらどの道（生死問わず）死刑になるとして――勝ったらどうなるのだ？　スカウトを受けていた断罪兄弟が、どっちつかずの立場を取らざるを得なかったのは――そうでなければ、本当に向こう側につけたかもしれないのに――十二戦犯側に未来が見えなかったからに他ならない。勝とうが負けようが先がないのでは、そんな集団への所属をためらって当たり前だ。断罪兄弟はそのためらいこそを逆手に取られたとも言えるが……、しかしそれでも、見えないだけで、あるはずなのだ。十二戦犯が、十二戦犯として戦う理由が――戦うメリットが。（お願いだから、あって。お願いだから）もしもあってくれれば――「そんなメリットがあれば、それを運営委員会ではなく、あなたが叶えてくれるというのですか？　砂粒さん」こちらの手の内を読むようなことを言ってきた――少し違うが、図星だった。「ぼく達に、求めるものがあるかないかは回答を控えさせていただくとして――自分の願いを、いともあっさり捨ててしまうのですね、あなたは。十二大戦を停戦に導くためなら、自分の願いごとなんてどうでもいいと言わんばかりですが、どうなのですか？　たとえそのつもりはないにしても、仮にあなたが十二大戦で優勝したとして——叶えたい願いはないんですか？」「私の願いは、常に世界平和ですよ」「ならば、ぼく達を全滅させて、その願いを叶えてはいかがです？　まるで献身的に、受け取るべき報酬を投げだそうとなさいますが——その姿勢は、いかがなものかと思いますよ。この世から戦争をなくしたければ、あなたが十二大戦で優勝するのが、一番手っ取り早い」（駄目ね。巧妙に話を逸らされる——嫌な方向に逸らされる。ただ、興味のない質問を投げかけてるってわけでもないみたいね）ならば正直に質問に答えることで、揺さぶりをかけてみるか。「戦争に勝つことで戦争をなくす。そういう考えかたが、大嫌いです。だから、十二大戦で優勝して世界平和を願うなんて発想は、私にはありません。戦争を止めるために殺すことはあっても、戦争に勝つために殺すことはありません」「……それが『平和裏に殺す』の意味ですか？　では、たとえば——たとえばこの交渉がこのまま不首尾に終わり、十二戦士と十二戦犯の戦争が続き、あなたにとっては不本意なことに、あなたがたが奇跡の逆転劇を演じたとします。生け捕りは失敗し、ぼく達は全滅しました、と。そのとき、あなたは何を願うのですか？　『どんな願いでも、たったひとつだけ叶えることができる』と、心理テストではなく、事実として告げられたときに、平和主義者が平和を願わず、いったい何を願うのですか？」「レアリティ☆5のキャラが、ぜんぜん出ないんで」と、砂粒。「代わりにガチャを回してもらいましょうかね？」「…………」「冗談です。生け捕りに失敗したというのが前提でしたら、あなたがた全員を、生き返らせてもらいましょう。そして改めて、死刑になってください——つべこべ言っても、そこで免罪を嘆願するほど、私もお人好しではありません」その時点で願いごと、使っちゃってますしね——と、砂粒がついでみたいに付け加えると、サー・カンサーは、「愉快な答だ」と、不愉快そうに呟いた。おそらく初めて、作り物ではない感情を見せた。「いいでしょう。よしとしましょう。ぼくの後釜に座った戦争交渉人が、どんな戦士なのか興味があり、試すような真似をしましたが——本腰を入れましょう。穏やかに脅迫されているのがわからないほど、耄碌《もうろく》していません——教えてあげましょう、ぼく達の目的を。犯罪計画を自慢げに語る、犯罪者のようにね」そう言われて、ガッツポーズを取るほどめでたくもない——本腰を入れても、本音を語るほど、打ち解けられてもいない、むしろ心の距離は広がった。ここから語られる『犯罪計画』は、あらかじめ準備された、適当にでっち上げられたダミーだろう——それでいい。ダミーの内容から、真実の位置は推測できる。タイムリミットまでの残り時間は（あと、四分四十四秒——）

が、その体内時計がいきなり停止した。

砂の心臓と共に。（——!?）え——何？　落ち着け、冷静に。違う、慌てふためきようもない——心拍数が上昇する恐れなんてない、心臓が動いていないのだから。さっきまで、脳がきりきり音を立てるほど、考えて考えて考えていたけれど、そんな意識も唐突に消えゆく――ああ死ぬんだ、と、驚くほどすんなりと、抵抗なく理解できた。抵抗の意志さえ――彼女をこれまで支え続けてきた根幹さえ、霧のように消えゆく。だけどなんで？（肉ちゃんが言うところの、私の死因は何？　心臓発作？）ありうる。そりゃありうる。無茶ばっかりやってきた人生だ、溜まっているダメージもあるだろう――交渉という極度の緊張に耐えきれず、突然死。滑稽なようであるあるだ――ある意味、銃弾や地雷で死ぬよりも、砂粒にはお似合いの死に様と言える。けれど、普通に考えれば、もっと蓋然性《がいぜんせい》の高い死因はあるだろう――十二戦犯の誰かから、何らかの攻撃を浴びたのだ。（だけど、誰から、どんな攻撃を――サー・カンサーさんを含む、六人の戦犯の誰からも、目は切っていなかった。私だけじゃなく、庭取ちゃんも、上空から『鵜の目鷹の目』で見張っていたはずなのに――）考えられるのは、スカル・ピョンの暗殺？　それとも――と、砂粒はもう立っていられず、コロッセオのグラウンドにがくりと膝をつきながら、それでも気丈に、動かない心臓と消えゆく意識で顔を起こしたが、そのせいで彼女の死に際は、より一層穏やかとは言えないものになった。そのとき砂が見たのは、まるで鏡写しのように、同じように地面に膝をつく、サー・カンサーの姿だった――彼もまた、心臓を押さえている。己の胸元を引きちぎらんばかりに握り締めている。（同じ攻撃をいいいい浴びている――まさか自分ごと私を、誰かに攻撃させたの？）考えにくいが、そうとしか考えられない――いや、やっぱり考えられない。メイド服とウエディングドレスは、むしろ清々しいほど、笑って墜ちていった——笑って死んでいった。だが、老紳士の表情は違う。明らかに苦痛に満ちていて——明らかに意に添わない事態に見舞われている。そこまで砂粒と鏡写しだ。つまりそこから導き出される結論は——サー・カンサーが交渉に本腰を入れたのを受けて——万が一にも——

和平案が成立するのを妨げたかった戦犯が、独断で動いた？

（……一枚岩じゃ——ない！）第十二回十二大戦を、絶対に中途半端な形では終わらせたくない誰かが——中でも終わらせたくない誰かが——（見誤ったか——あるいは真の指揮官は、キングと呼ばれていたダンディ・ライオンでも、参謀のサー・カンサーでもなく——だけど、どうしてそこまで——戦場経験豊富なサー・カンサーを殺して、この先、どう戦うつもりなのよ——どうしてそこまで、十二大戦を続けたいの——やっぱり、なんだかんだ言って、十二戦士に恨みが——私達の誰かを、あるいは全員を殺したくて殺したくて——あっ！）気付いた。そのとき、死の間際、ぎりぎりで——地面で顔面を打つぎりぎりで、気付いた。最後の意識で、にっくき犯人の名前をどう暗号化してメッセージに残すかを閃《ひらめ》く推理小説の被害者のように、砂粒は閃いた——犯人の名前、ではない。遠くに異能肉の叫びを聞きながら、辿り着いたのは戦犯側の目的だ。彼らが何のために上陸し、彼らが何のために殺し、彼らが何のために戦死するのか——あますところなく理解できた。いや、まだ、いくつかわからない細部はあるが、それでも概《おおむ》ねのところ、納得できた。（そう——それなら、何を言われようとも、どんな申し出を受けようとも、交渉の余地なく、十二戦士を殺すしかない——そういうことなんだ。だったら——）

だったら——しょうがないかあ。

諦めにも似た気持ちでそう考え、（肉ちゃん、私の仇《かたき》、取らなくていいからね——本当肉ちゃんは私のこと、大好きなんだから——）と、駆け寄って来た腐れ縁の戦士に目線を送りつつ、永遠の眠りにつく平和主義者。

4

通《つう》なら心躍らさずにはいられない、『申』の戦士・砂粒と『蟹』の戦犯、サー・カンサーの、新旧交渉人対決は、リミットまでたっぷり四分を残して打ち切りという、見るも無惨なみっともない結果に終わった——両者共に椅子を蹴ってテーブルを立つ、どころか、共に地面に倒れ伏せ、一体全体誰に殺されたのかも不明なＫＯ負け。彼が最期、何を思ったのかはわからないし、彼女が最期、何に気付いたのかもわからない。いずれにせよ、両陣営共に卓抜した頭脳を失い、第十二回十二大戦は、ここから先は引き続き、加速度的に目も当てられない、さながら奈落の底のような、混乱と狂乱の泥仕合と化す。

（戦士３——戦犯５）

（第八戦——終）

第九戦

笑う顔に矢立たず

ウンスン・サジタリ◆『住所が欲しい。』

本名・臼杵指足《うすきさしたり》。十二月十二日生まれ。身長180センチ、体重73キロ。罪名・機密漏洩罪。軍事産業コンツェルンの期待の新入社員だったが、横行する不正に義憤を覚え、業界内の秘匿《ひとく》データを世界に向けて公開する。結果、不正こそ撲滅《ぼくめつ》できたものの、軍事兵器の設計図・取扱説明書も広く知れ渡ることになり、彼の場当たり的な正義感が生んだその後の戦死者の数は、百万人とも一千万人とも言われている。その反省から、彼は最新鋭の重火器ではなく、弓矢を使って戦うことにしたのだが、何事にも生真面目で一本気な男は、並々ならぬ修練の末に、二十代の若さであの『不射の射』を体得した。持ち前の、不公正なまでの正義感も含め、その意味では十分に戦士たりうる達人なのだが、なぜか人生は狙い通りにいかない。見た目や得物に反して、彼は和食全般が苦手である。特に『おにぎり』というあのメニューには鳥肌が立つ。じかに手で握った食べ物だと？　自分の手でも嫌でござる。

1

『鶏の目鷹の目』！　鳥さん達！」『亥』の戦士・異能肉が『申』の戦士・砂粒の死体を抱きかかえるよりも早く、交渉の決裂に対して誰よりもスピーディに動いたのは、意外や意外、『酉』の戦士・庭取だった――さながらタクトのように『鶏冠刺』を振るって、遥か上空からコロッセオを監視させていた鳥の群れを総動員させる。すわ、その総動員は総攻撃なのかと、残る五人の戦犯が即座に構えたが、庭の狙いは彼らではなかった――戦犯達ではなく、戦士達だった。竜巻さながらに数百匹以上に及ぶ鳥を、いまやたった三人になってしまった十二戦士の周囲で、竜巻のように高速旋回させる。煙幕ならぬ、鳥幕《ちょうまく》といったところか――数秒後、取り巻きの鳥が東西南北に四散すると、中心にいたはずの三名もまた、姿を消していた。「……こっちにいたメイド服より、よっぽど魔法少女みたいな真似をするわね、あの子。動物と心を通わせているし。戦士と言えば、融通が利かないのばっかりをイメージしていたけれど、ああいうフレキシブルな戦士もいるのか」と、『魚』の戦犯、ドクター・フィニッシュが呆れたように言うと、彼女の前にいた車椅子の戦犯――『山羊』の戦犯、ゴー・トゥ・ヘヴンが、首を傾けて、「いないほうがいい」と、短く言った——傾げた方向を見ると、そこに転がっていたはずのふたつの死体——新旧交渉人の死体——もまた、消失していた。「？　死体を一緒に運んで消えたの？　味方の死体ならともかく、カンサーお爺ちゃんの死体まで——ああ、違うか」少し考えて、ドクター・フィィニッシュは納得する。消えたとも思われたふたつの死体の、ぼろぼろに破れた衣服が、半ば地面に埋まるようにして、土埃にまみれていたからだ——血にもまみれている。そして違う方向に首を向ければ、予想通り、『天秤』の戦犯の死体と『牡羊』の戦犯の死体もなくなっている——さっきまでここにあったよっつの死体が、敵味方区別なく消失している。つまり——「鳥葬、ね。動物と心を通わせている手段は、食べ物の提供ってわけだ——そうね、ヘヴン。確かにいないほうがいいわね、魔法少女なんて。安楽死させてあげなきゃ」そう言って、ドクター・フィニッシュは、他のメンバーを見遣る——『蠍』の戦犯、スカル・ピョン。『射手』の戦犯、ウンスン・サジタリ。『水瓶』の戦犯、マペット・ボトル。「そしてわたし達、医者と患者の二人組、か。期せずして、それらしいのが残ったわね。ボス格のキングが殺されて、知恵袋のカンサーのお爺ちゃんが死んで——誰がやったんだかわからないけれど、それはもう問わないことにしましょうね、わたしかもしれないんだし——もう作戦は立案できないから、ここから先は各自各人各犯で、好きに暴れるってことで、ＯＫ？　経験値による力量差は否めないけど、あと三人くらい、パワープレイのストロングスタイルでなんとかなるでしょ」「いないほうがいい」ドクター・フィニッシュの言葉に、またもゴー・

トゥ・ヘヴンがそう重ねた。女医は再度頷く。「そうね、ヘヴン。いないほうがいいわね、戦士なんて」

2

鋭角で切り立った山際に、密集するように住居が建てられているその集落は、住居としてではなく、まるごと文化遺産として価値を見いだされて（建築物そのものと言うより、その建築技術を評価されたと思われる）、この人工島に移築されてきた『ゴーストタウン』である——そのうち一軒の『空き屋』に、三人の戦士は転がり込んでいた。いかにも緊急避難ではあるが、いつまでも『羽毛製の魔法の絨毯』で逃げ回っているわけにもいかない——鳥の群れに乗って遥か上空を飛行するというのは、あくまでも盲点だから成立する避難所なのであって、一度発見されてしまえば、あんな見え見えの『かくれんぼ』もない。むしろ可及的速《かきゅうてきすみ》やかに、『鳥さん』の群れには散ってもらわないと、『ここにいますよ』と高らかに宣言しているようなものだ。もちろんのこと、コロッセオからさほど距離を取ったとも言えないこの集落が、安全で安全でしょうがないわけもないのだが、ひとまずはどこかで、一息つかねばならなかった——それくらい、状況は急転直下だった。チーム十二支としての方針を定め直さねば、このままずるずる行ってしまう。人生をずるずるやってきた戦士、庭取だからこそ、確信的にそう思う。

（どころか、これもう、チーム解散の危機だよね――）まさかあのシチュエーションで、こちら側の軸である『申』が死ぬとは――殺されるとは。まさか交渉がすんなり成立するなんて思っていなかったし、『天秤』の戦士、バロン・スー（になり切っていた、『牡羊』の戦犯、フレンド・シープ）が分銅を振り回したときにはほら見たことかと思っていたが、それにしても――砂粒本人だって、交渉中のちゃぶ台返しを警戒していたに決まっているのに、どうしてむざむざ、殺されてしまったのだろう？　誰に殺されたのだろう――衆人環視の下、それこそ、『鵜の目鷹の目』は、常に起動させていたのに。

（サ、サ、サー・カ、カ、カンサーを殺した犯人はわ、わ、わかり切っ、て、て、いるけれど――砂粒さんは、いったい誰に殺されたの？）

「怒突さん。あなたですよね、向こうの交渉人を殺したのは？」庭取は訊いた――その発言に、『亥』の戦士はぎょっとしたように顔をあげたが、名指しされた『戌』の戦士は、「なんだよ、ただの馬鹿じゃなかったのかよ、お前」と、さして驚いた風もなく、頷いた。「ひょっとして、俺の武器が『噛みつき』じゃなくて、『毒』だってことも知ってんのか？」「はい。毒薬使いの毒殺師さんですよね、あなた?」『鳥さんネットワーク』で集めた情報で、戦場を生き残ってきた庭取である——戦士の個々のスキルには、ある程度通じている。十二大戦に臨むにあたり、できる限り、十二戦士の情報は集めた——どうにも薄らぼんやりとしてつかみどころのなかった『子』の戦士以外の情報は、あらかた集めていたと言ってもいい。戦士同士の殺し合いだと思い込んでいたから、十二大戦自体の謎のルール変更についてはつかみようがなかったけれど、牙や爪を強調して、見るからに凶悪そうなイメージを先行させている怒突が、実際は繊細な毒物を使うことは知っていた——『狂犬鋲《きょうけんびょう》』は、牙で噛みついて殺すのではなく、牙から分泌した毒で殺すということも知っていた——、だから、サー・カンサーの死に様が、怒突がこれまでおこなってきた手口といくらか反していたところで、まあたぶん、交渉中のサー・カンサーを『毒殺』したのは彼なのだろうと推理できた。『狂犬鋲』以外の裏技もあるに違いないし、別に外れていたら外れていたでいいし、否定されたら否定されたでいいのだが——いかにも若者を軽んじるような、あの老紳士の鼻につく態度に対しては、庭取もムカついていたので、不意打ちによる殺害行為そのものを責める気はないが(庭取自身は、断罪兄弟や怒突のように『戦争犯罪人に限りなく近い戦士』ではないが、そういう倫理観とは無縁に限りなく近い)、けれど、もしも、サー・カンサーを殺すために、砂粒までまとめて殺したのだとすれば、話は別だ。そんな計算のできない奴とチームは組めない。同じことを考えたようで、『亥』の戦士・異能肉が二丁機関銃の銃口を、瞬間的に怒突のほうに向けて「どういうことですの、お犬さま？」と、極めて権高《けんだか》な声音で詰問した。（この人、なんか怒ってる。済んだことは仕方ないのに、雰囲気悪いなあ）と庭取は思うが、こちらに銃口が向いてはたまらないので、口出ししない。「あなたが殺したのですか？　あの不愉快な平和主義者を」「違うよ。その銃を下ろせ、殺し合いになったら勝つのは俺だが、そんな仲間割れは連中の思う壺だぜ」両腕をゆっくり挙げながら、怒突は言った——否定した。「俺が殺したのはサー・カンサーだけだ。平和主義者のねーちゃんは殺してねえ。あれは、犯人が別にいる」「だけど——」それだけ言われても納得できない異能肉。そりゃそうだろう。怒りは共有できないが、疑問は共有できる——少しケースが違うが、たとえば、同じくコロッセオで落命した『天秤』の戦犯と『牡羊』の戦犯。まったく同じように蜂の巣にされていたのに、異能肉が『片方しか殺していない』なんて、容疑を一部否認しても、腑に落ちないのと同じだ。たとえ事前に味方に殺されていたとしても、殺していないことにはならない。あれは向こうのスキルで『流れ弾』が当たったわけだが、それでもふたりとも、異能肉が殺したことになるだろう——少なくとも、そう感じるべきである。同じように、仮に怒突がサー・カンサーを殺すだけのつもりで、本人的にはピンポイントで毒物を散布したつもりでも、砂粒が二次被害に遭ったのなら、その責任は怒突に帰するものだろう。「それとも、あれも『流れ弾』だと言うのですか？　戦犯側のどなたかの戦闘技術で、あたかも呪いの藁《わら》人形のごとく、サー・カンサーへのダメージは、砂粒にも反映される仕掛けがあったというのですか？　だとしても、それはあなたが負うべき——」「今回は、『流れ弾』じゃねーよ。いみじくも、つーか——三つ子の魂百までっつーか——『流れ弾』じゃなくて、流儀だ」「流儀?」

「サー・カンサーを殺したのはこの俺だ。猛毒混じりの匂い分子を風に乗せてターゲットを狙う『破傷風』でな。犬は鼻が利くんだよ。だが、時を同じくして砂粒を殺したのは、俺の教え子のひとり、『魚』の戦犯、ドクター・フィニッシュだ」

同じ手口で、同じ毒物で——同じタイミングで、親子のようにそっくりに。怒突はなんとも忌々しそうにそう言った。

3

「かつて俺が仕込んだ毒物の知識のせいで殺されたんだから、まるっきり俺に責任がねーとは言わねーし、ぜんぜん俺のせいにしてくれていーんだけどよ。『魚』の戦犯だけに、『河豚《ふぐ》毒』って感じなのかね。たぶん、独断で動いたところまで含めて、俺と同じだぜ。嫌になる」

「…………」「…………」そう言えば、そうだった――『魚』の戦犯、ドクター・フィニッシュは、『寅』の戦士・姤良を、毒殺していた。『鵜の目鷹の目』で見た限り、そのときは注射器を使っていたが――しかしそれは、『狂犬鋲』の殺しかた、牙で噛みついて毒を注入する方法と、共通項が多いということもできるし、目には見えない毒をばらまくことも、できないとは限らない。猛毒混じりの匂い分子――「正確には、俺のもうひとりの教え子との協力プレイだったんだろうな。あろうことかあの女医、車椅子を盾にしてやがったんだ。でねーと、いくら交渉に集中していたとは言え、砂粒のねーちゃんが、ああもあっさり殺されまいよ」交渉のテーブルで、互いに暗殺を企んだようなものか――同じ考えかたで、同じ戦闘スタイルの者が、互いの陣営にいたことが、あの不可解な二死を生んだ。（そっか、怒突さんは、教え子ふたりに会うために交渉に賛成票を投じただけで、交渉自体を目的には据えてなかったもんね――相手が自分を覚えていない、恨んでいないことが確定した時点で、この人の中では、殺し合いが再開されていたわけだ。なるほどなあ）一枚岩じゃないのはこちらこそだった。（だったらむしろ、あの場で敵の参謀を殺そうとするのは、ありな判断だよね――参謀を殺せば一気に優勢に立てる。あの場で決着がついていてもおかしくなかった）そうならなかったのは、まったく同じことを考えた者が、あちらにいたからだ。分銅を振り回した『天秤（牡羊）』や、交渉前に誰かを撃つよう言い含められていた『亥』とは違い、指揮系統から外れた独断先行ならば成功率は高かっただろうし、実際に成功した――問題は、両陣営ともに成功してしまったことだ。新旧交渉人が、本人達にはまったく関係のない要素で、相討ちになってしまったことだ――結果、戦士と戦犯、両方から指揮官が失われたことになる。意志決定できるリーダーの不在。（……参ったな）これを『よくない状況』だと考える者もいるだろうが、『酉』の戦士・庭取は『最悪の状況』だと考える。（今からでも、向こう側につけないかな――無理か、わたし、戦犯じゃないし）「……でも、お子さん達は、これであなたを思い出したかもしれませんわね」味方の、しかも指揮官を殺したという誤解は解けたものの、しかしすぐには怒りは収まらないらしく、『愛終』と『命恋』の銃口を下げつつ、異能肉は当てつけがましく言った。「ドクター・フィニッシュも、今頃疑問を覚えていることでしょう――誰がサー・カンサーを殺したのか、自分が敵の首領を殺すのと同じタイミングで、同じ方法で。少し考えれば、自分の育ての親が敵陣にいるのだと、思いつくのではありませんこと？」そんなこじつけじみた発想の飛躍まではしないだろうが、確かに、不審には思うだろう――同じように仲間から疑いをかけられ、審議の的になったなら、苦し紛れにそんな仮説をひねり出すかもしれない。「どうなんだろうな。ツラを見られてもバレなかったのに、殺しの手口でバレるってのは、俺っぽくていいがね――」苦笑する怒突。（ひょっとして、自分のテクが教え子に受け継がれていることが、多少なりとも嬉しいのかな？）犯罪に使用されているのだが……、庭の倫理観も飛んでいるほうだけれど、やはり本物は違う。「――だが、どちらにせよ、『だから殺す』とか『だから殺さない』とかって、お涙頂戴の湿っぽい話にゃあならないぜ。俺が独断専行でサー・カンサーを毒殺したのは、十二戦犯に停戦の意思なんて絶対にないと判断したからだ。妥協点なんて探してねえ。あいつらは、俺達を根絶やしにするまで、戦い続ける」「……交渉はあくまで、十二大戦をこのまま続けるためのルールを決めようとしていただけ、というのは、きっとその通りなのでしょうね。しかし解《げ》せませんわ。あの不愉快な平和主義者が言っていたように、あの連中はどんなメリットがあって、殺し合いを続けようとするのでしょう？」それは庭もそう思った。はっきり言って、砂粒は譲り過ぎだとさえ思った。（少なくともわたしだったら絶対に乗る和平案だった。なのにどうして？）「実際、あの女からじかに交渉を受けていたサー・カンサーは、少しは思うところはあったようですが――その彼がいなくなった今、指揮官不在の戦犯がどう動くのか、まるで予想もつきませんわ」素人のほうが怖いと言いたげな異能肉――十二人のうち九人までも殺されて、今更プロフェッショナルもアマチュアもないと思うのだが。そして指揮官不在はこちらも同じ――はっきり言って、自分も含め、かなり兵隊タイプの三人だ。指揮とは言わないまでも、仕切ってくれる誰かがいなければ、いつまでたってもらちのあかない議論を続けてしまいそうなメンバーである。チーム解散の危機どころか、既にチーム制度は瓦《が》解《かい》していると言っても過言ではなかろう。（どうしよっかな――今更向こうの仲間にはなれないだろうし、てゆーか元より戦犯は戦士を仲間に迎え入れるつもりはないだろうし――ん？待って待って、戦犯？）「ねえねえ、怒突さん。お願いがあるんですけれど」「――なんだよ、がきんちょ」砂粒が『ねーちゃん』で異能肉が『レディ』で、わたしは『がきんちょ』なんだ

——と、やや不快に思いつつ、庭取は『願いごと』を口にした。「あなたの秘蔵の毒——秘薬『ワンマンアーミー』を、わたしに注入してもらえませんこと?」語尾をレディにしてみた。

4

「ひゃっほう! 身体が軽い軽い! 飛んでるみたーい!」絶対にお勧めしない、なまじな致死毒よりも副作用がきついんだからどうなっても知らねえぜと重々言い含められた、『戌』の戦士の秘薬『ワンマンアーミー』とは、一言で言えば、『被験者』の人体機能を、筋肉・神経・五感・心肺・果ては記憶力や思考力に至るまで、頭のてっぺんから爪先まで、あらゆる面を細大漏らさず最大まで引き出し、引き上げるドーピング薬である——要するに、それを投与された戦士は、理論上戦士としてのステータスやパラメータをMAXにカンストさせることができるわけだ——人間としてのステータスやパラメータはひとまずおいておくとして。「ここから先は三人で、指揮官なしで戦わなくちゃいけないんですから、少しでも戦力を底上げしましょうよ! わたし、おふたりの足を引っ張りたくないんです!」と強調し、あまり乗り気ではなかった怒突を言いくるめた——秘薬をぽんぽん使いたくないと言うのもあるだろうが、秘薬の存在を知られていることも、彼を消極的にさせている要素のようだったが（むろん、『鵜の目鷹の目』による下調べの成果だ）、この事態を招いた責任の一端は感じていたようで（もっとも、彼がサー・カンサーを殺していなければ、スコアは6—3と、三度ダブルスコアに追い込まれるところだったことを思えば、独断専行はむしろ成果を上げていると庭は思っている、言わなかっただけで）、いかにもしぶしぶではあったが、庭の二の腕に噛みついた——そして秘薬『ワンマンアーミー』を注入した。「わたくしは遠慮しておきますわ……」と、その様子を眺めていた異能肉は、賢明と言うか、常識的な判断を下した——どんな副作用があるかわからない（だから『被験者』だ）、薬物どころか毒物を、よりにもよって自分の体内に取り入れるなんて、正気の沙汰ではない。庭取だって、本当のところを言えば、進んでやりたいドーピングではない——だけど、生きるためには。

そして逃げるためにはやむを得なかった。

やむを得ないどころか気分はのりのりだった——注入されてみれば、視界が、思考が冴え渡る。そういう意味では、異能肉や怒突が、苦境だからと言って軽々しく己の肉体をドーピングしようとしなかったのは、庭にとっては好都合だった。パワーアップする庭の様子をふたりが遠巻きにした一瞬の隙をついて、彼女は窓から飛び出した——そのまま、轗軻崎嶇《かんかきく》たる山道を滑り落ちるように逃走した。逃走。逃亡。そう、ドーピングさせてもらってまで庭がおこなったのは、敵前逃亡である――（戦場においては、犯罪行為だよね――）これでわたしも戦犯だ。そう、十二星座の戦犯には今更加入できなくとも、ただの戦犯になることはできる――こんな負け戦に、いつまでもかかわっていたくない。自軍に見切りをつけて、十二大戦そのものから逃げたほうが、まだ生き残れる可能性は高い。生まれ変わろう！　普通なら、十二大戦運営委員会や、その上にいる『有力者』から逃げ切れるなんて思わないところだが、こんなイレギュラーな団体戦が開催されている時点で、彼らの締め付けは現状、緩んでいると見える――その隙を突破できれば、むしろ隙のある今こそ、戦士の辞めどきである。「軽い！　軽い！　身体が軽い！」行きがけの駄賃とばかりに（『毒殺師』からすれば盗人に追《お》い銭《せん》だろうが）、秘薬『ワンマンアーミー』で強化してもらった身体でスタートダッシュをかける――まあ、怒突や異能肉が追いかけてくるとは考えにくいけれど、敵や運営委員会の目もかいくぐらねばならないとなると、足は止められない。絶壁を滑り降りた庭は、そのまま足を止めず、どころかパワーアップした脚力でスピードアップして、更にその先にある断崖から、ホップステップジャンプした――いくら身体が軽くて、飛べそうでも、さしもの秘薬も、人間に翼を生やしてはくれない。けれど、飛ぶばかりが鳥類の能ではない。ぐるぐる両腕を外旋させながら、彼女は空へとフライングしようとしたわけではなく。

崖から海へと、『酉』の戦士はダイブしたのだ。

断崖絶壁の真下は、まるで地獄の針山のように尖岩が突き立つ危険地帯だったが、それをひらりと軽やかに跨《また》ぐK点越えの長距離ジャンプで、伸ばした指先から、勢いよく海面へと突き刺さる――そのまま潜水。（ペンギンの飛び込み――なんてね！）あとは泳いで、この人工島から離れる。秘薬『ワンマンアーミー』の効果がどれだけ続くかは不明だけれど――それは個人差があるとしか言いようがない――とにかくできるだけこの海上都市、第十二回十二大戦の戦闘フィールドから離れて、あわよくば陸地まで泳ぎ切り、それが無理なら船を見つけて、救助してもらおう。戦犯的には、シージャックと言うか、海賊行為。（残してきたおふたりには悪いけど、あとよろしく！　もしもそこから逆転劇を収められたときには、わたしは賞品の願いごとを受け取りにあがりますんで！　いいですよね、一応、置き手紙くらいはしておきましたし――）強化された心肺能力で、息継ぎなしで、手をかき足をかき、なぜか平泳ぎで、そのまま泳ぎ続ける庭取――しかし、突如、水中でさえ冴え渡っていたはずの視界が、真っ暗になった。（――!?）手足に力が入らなくなった――吸い込まれるように海底へと、肉体が沈んでいく。あれだけ軽かったはずの身体が下へ下へと沈んでいく――端的に言って。

彼女は溺れていた。

（な――なんで？　これだけの比類なきパワーを与えられながら、溺れるなんて――そんなのわたし、馬鹿みたいじゃん――）敵前逃亡にもなっていない。これじゃあ戦場からどころか、この世から逃げようと、投身自殺をしたようなものだ。（嘘でしょ、やだやだ、自殺なんて。わたしくらい、死にたくない奴はこの世にいないはずなのに――）

5

崖っぷちには、そこから飛び込んだ戦士が、海面に浮かび上がってこないことを確認する――死亡確認をする三つの影があった。

『蠍』ノ戦犯――『嫌々殺ス』スカル・ピョン」
『射手』の戦犯――『狙って殺す』ウンスン・サジタリ」
『水瓶』の戦犯――『ウエットに殺す』マペット・ボトル」

影のひとつ、全身エナメルの戦犯、スカル・ピョンが、肩を竦めて、「アノ子ハ知ッテイタハズナノニネ、『鶫ノ目鷹ノ目』トヤラデ。コチラニハ『水』ヲ操ル戦犯ガイルッテコトヲ」と、丸っこい声で言う。それを受けて、別の影――レインコートの戦犯、マペット・ボトルが「大き過ぎる的《まと》には、却《かえ》って矢を当てにくいようなものですよ。『海』が、巨大で膨大な『水』だと、なかなか意識できるものではないように」と、罠にハマった敵を庇うようなことを、凛とした声で言った――もっとも、この罠は、生前にサー・カンサーが張ったものだ。こうして三人でまとまって行動しているのも、彼の意志を継いでいる――団体戦が煮詰まれば、あちらの陣営からは逃亡を企てる者が必ず現れるという老人の読みが、ずばり的中だった。だから、海中で、肺に『水』を流し込まれた『酉』の戦士を殺したのは、『蟹』の戦犯、サー・カンサーだとも言える。なので、三つ目の影――『射手』の戦犯、ウンスン・サジタリも、実行犯でありながら庭をフォローした『水使い』の発言に乗っかるように、「うむ――大した戦士でござった」と渋い声で言って。

そしてふらりとふらついたかと思うと、まるで彼女のあとを追うように、崖下へと墜落していった――しかし海中に沈むことはなく、そこに一本の矢のように突き出た尖った岩で串刺しになった。

「大した戦士でござった——まさか風流にも、鳥で殺してくれようとは」百舌《もず》のはやにえのようになった姿で、彼は続ける——続けようとしたが、しかし次にその口から出てきたのは、言葉ではなく、羽根だった。大量の羽根がごっそりと、彼の口から出てきたかと思うと、最後には一羽の小さな鳥が手品のように飛び出して、はばたいていった。「『鵜の目鷹の目』——『百舌の毒』。死んだのが拙者《せつしや》で、まあ、よかったでござる」

6

ピトフーイ——いわゆる有毒鳥類で、この場合は百舌の一種、否、特殊。『鵜の目鷹の目』を情報収集のためにしか使ってこなかった『酉』の戦士は、しかし平和主義者から移動手段としての使い道を教授され、また毒殺師から実地で『毒』の手ほどきを受けることで、とどめに思考力も爆発的にアップしたことで、発想の幅が広がった——せいぜい『啄んで殺す』ことしかできなかった彼女が、射手の放つ矢よりも遥かにロングレンジの凶器として、爆弾で焼き払われし幽邃《ゆうすい》たる原生林に棲息していた百舌を『置き手紙』として使用したことで、逃げ損ねた『酉』は、ぎりぎりのところで、一矢《いつし》報いた。矢のように放った鳥を『射手』の口腔内《こうこうない》に飛び込ませ、一矢報いた。羽根ペンで書かれた置き手紙が、無惨な遺書になってしまったが――そして三度の、ダブルスコアである。

（戦士2――戦犯4）

（第九戦――終）

第十戦

wear goat's horns

ゴー・トゥ・ヘヴン◆『健康が欲しい。』

本名・梧桐《ごとう》ヴァルキリー。一月一日生まれ。身長145センチ、体重28キロ。罪名・違法兵器所有罪。妊娠中の母親（民間人）が対人地雷の被害に遭い、爆散。胎内にいた、出産間近だった彼女も同じくバラバラになったが、イリーガルでアンモラルな医療技術を駆使することで、つなぎ合わされる。その際、母親のパーツも多数、間違ってつなぎ合わされたのではないかと、本人は疑っている。幸い、接合手術の後遺症は残らなかったようだが、赤子の無意識に刻まれた『胎教』の被害は重大で、成長しても直接地面を歩くことに恐怖を覚え、普段から車椅子に乗る生活を送ることになる。母親が死に、父親は元からいなかった彼女は、その後、あちこちの国で、売られたり買われたり攫《さら》われたりしながら、世界中を転々とし、世界中のどこでも、懲りることなくおこなわれている戦争行為に対する嫌悪感をこつこつ育てていく。とあるマッドサイエンティストに引き取られた際、『世界からすべての地雷を撤去する』という目標を立て、ネットの知識で、超強力な地雷を作成した——ぜんぶ吹っ飛べ。バラバラになれ。人間なんていないほうがいい。

1

リアルタイム戦況――スコア／2―4
（死亡順・殺害人数・殺害者）

十二戦士――
×『子』（1・0・『牡羊』）
×『丑』（2・0・『牡羊』）
×『寅』（3・0・『魚』）
×『卯』（4・0・『牡羊』）
×『辰』（5・0・『射手』）
×『巳』（6・0・『射手』）
×『午』（7・0・『魚』）
×『未』（8・0・『蟹』）
×『申』（15・4・『魚』）

×『酉』（17・1・『水瓶』）
○『戌』（生存中・1・／）
○『亥』（生存中・2・／）

十二戦犯——

×『牡羊』（14・3・『亥』）
×『牡牛』（11・0・『申』）
×『双子』（9・0・『申』）
×『蟹』（16・1・『戌』）
×『獅子』（10・0・『申』）
×『乙女』（12・0・『申』）
×『天秤』（13・0・『亥』）
○『蠍』（生存中・0・／）
×『射手』（18・2・『酉』）
○『山羊』（生存中・0・／）
○『水瓶』（生存中・1・／）
○『魚』（生存中・3・／）

2

初めて砂粒と会ったときのことを、『亥』の戦士・異能肉は鮮烈に覚えている。(もっとも、あの不愉快な女は、そのときのことなんてまったく覚えていないでしょうけれど――『いつの間にか親友になってたよね、まるで一緒に生まれてきたみたい』なんて、適当なことをよくもほざいたものですわ)あれは肉が、血と土で練り合わせてできた泥沼みたいな戦争の最前線で、見張りを務めていたときのことだった――一面の広大で不毛な泥沼みたいな砂漠地帯に展開された部隊に、『亥』の戦士は隠し戦力として派遣されていた。近々仕掛けられるであろう大がかりな軍事作戦の出鼻をくじくため、国境付近にテントを張ったのだ――もっとも、優雅と上品を求める彼女は、気品溢れるベッドをテント内に持ち込み、味方から大いに顰蹙《ひんしゅく》を買ったりしていたのだけれど。だが、訪れると思っていた一個大隊は、いつまでたっても現れなかった――代わりに、砂山の向こう側からやってきたのは、ひとりの小柄な少女だった。見様によっては、それは『三人』とカウントすべきかもしれないが、やはりひとりと言うべきだろう。抱きかかえている『ふたり分』の生首を、合計するのは無理がある――初めての戦場でもあるまいし、生首に驚くほど、当時の肉もうぶでもなかった。驚いたのは、少女が構えるその生首が――男女の生首が、隣国の国王と王妃の生首だったことだ。

「のけ」

鬼気迫る目をした小柄な少女にそう脅されるまでもなく、異能肉は、そして彼女が参加していた部隊は、あっさり道を開けた――とんだ通行手形もあったものだ。言うまでもなく、その小柄な少女が、のちに平和主義者として世界中から英雄視されることになる、『申』の戦士・砂粒だった――彼女はそのまま首都まで徒歩で行進し、国家のトップと直談判した。長年侵略し合ってきた宿敵夫妻の顔面をテーブルに置かれて、言葉を失ったトップに、のちの『平和主義者』は、こう言ったと伝えられている――「戦争を終わらせるために、お願いして、このふたりには死んでもらいました――互いに互いの首を切り落としていただきました。あなたが憎むご夫妻は、もうこの世にいません。その自己犠牲に免じて、どうか今すぐ、終戦を宣言していただけませんか?」そのまま口調を変えずに、淡々と続けたそうだ。「そしてその後、あなたに御腹を召していただければ、両国は和平への道を、共に歩み出せることでしょう」……結果だけ見ると、砂粒はたった三名の犠牲で、永遠に続くと思われた戦争を――戦士にとっては豊潤とも言える飯の種を――終結に導いたわけで、これは平和主義者の初期の象徴的な伝説として、語り継がれている。最小限の犠牲で、数千万の命を救ってみせたのだと。両陣営の首脳を、文字通りの首脳とすることで——首印とすることで、平和の旗印を掲げたのだと。彼女の語る崇高な理念に、人を人とも思わぬ傲慢な王族夫婦や、戦闘行為を至上とする残酷な独裁者達が感涙し、民のために、平和のために死を決意した——などと、わけのわからない美談にでっち上げられている。しかし行進を目の当たりにした当事者として、異能肉は、あのときの鬼気迫る表情が忘れられない——彼女に短く脅されて、銃口も向けられず、素通りさせてしまったことが忘れられない。(徒歩で数千キロの道のりを歩いたからなんだって言うのですの——抱えられたご夫妻の生首が、穏やかな笑みを浮かべていたなんて、とんだ嘘っぱちですわ)もっとも、そんな仕立て上げられたような『美談』よりも、実際の砂粒の活躍のほうが、ずっと荒唐無稽で、無茶苦茶で、皮肉なユーモアに溢れていた——失敗することも少なくなかったし、逆に被害を広めてしまうことさえあった。特に初期のやりかたは、強引で、平和さえ実現できればどうでもいいと言わんばかりの荒々しい手法が目立った。一方的な初対面以降、どういう縁なのか、なぜか戦場で顔を合わせることが多かったけれど、どこであろうと己の理想の体現だけを目的とする砂粒が、味方だったときはからはらのし通しだったし、敵だったときは苛々のし通しだった——英雄視する者は、あるいは敵視する者さえ、みんなあの不愉快な女に騙されているのだと思った。あの不愉快な女の本当の姿を知っているのは、自分だけだと思った。そんなことを思わされている時点で、あの策士の手のひらの上なのだが、それでも、嫌いにならずにいられなかった——嫌われることを恐れない、好かれることすら平和のための道具にする彼女が、心の底から大嫌いだった。大嫌いだったし、大嫌いだった。いつか殺すと誓っていたし、殺されかけたことも少なからずあった——そういうときの砂粒は実に容赦なかったし、彼女の容赦なさが、そういうときは嬉しかった。統計的にそのほうが交渉がすんなり進むことがわかったからか、いつからか、へらへらするようになった彼女の——生首ふたつを抱えていたあのときの、鬼気迫る表情なんてすっかりしなくなってしまった彼女の、主義に覆い隠された本音を引き出せた気がしたから。（あなたを殺すのはこのわたくしですわ——なんて、恥ずかしい台詞を、何度も言わされましたわね）なぜか戦場で顔を合わせることが多かったけれど、だって？　馬鹿馬鹿しい——あの不愉快な女のいそうな戦闘に、好んで肉が参加していただけじゃないか。あの女は、こっちをライバルとさえ思っちゃいなかったのに——肉のことなんて、最初の出会いから、ずっと眼中になかったに決まっている。いつも、ありもしない平和だけを見据えていた。それゆえに、肉にとって、十二大戦は待ち望んでいたものだった——参加資格を得るために、実の妹さえ殺した。それもこれも、この戦争なら、砂粒と心ゆくまで殺し合うことができるからだ——できたはずだからだ。熾烈《しれつ》な因縁に、いよいよ決着がつくはずだった。それなのに、団体戦？　仲良しこよしのチームバトル？　笑わせてくれる。実際笑えた。そんなルール設定を、どこかで悪しからず思っている自分が、面白くて仕方なかった。いつどこでどういう風に会っても殺すつもりだったけれど、それでも、ああも目の前で殺されて、もう殺せないんだと思うと、殺意以外の感情を、初めて発見せずにはいられなかった。(はいはい、認めりゃあいいんでしょう。どうせあなたのことを愛してましたわよ――馬鹿で不愉快で自分勝手なところが、大好きでしたわよ。仇討ちなんて、愚かなあなたは望まないに決まっていますからしませんけれど、もしもどんな願いでもひとつだけ叶えることができるなら、ハーレムは諦めますわ。あなたが生き返るよう、願って差し上げますわ)

綺麗事なめんなよ、そっちこそ。

(くれぐれも言っておきますけれど、あなたは親友じゃありませんわ――いつの間にかなっていた、戦友ですもの)

3

有毒種の百舌が棲息していた原生林――だった場所、今は見るも無惨な焼け野原――の中央で、大口径の機関銃を左右に構えて立つ『亥』の戦士・異能肉を、一定距離を保った場所から観察するのは、『蠍』の戦犯、スカル・ピョンと、『水瓶』の戦犯、マペット・ボトルだった。安全な距離を堅持しているつもりではあるが、戦士を相手に『安全』はないと、ふたりはつい先ほど、体験してきたばかりだ——スリーマンセルで行動していた『射手』の戦犯、ウンスン・サジタリは、敵前逃亡を企てた戦士にさえ、毒殺されたのだ。やはり戦士は、伊達《だて》ではない。「直接の死因は墜落死だとしても——まあ、別に毒鳥じゃなくっても、胃の中で鳥が暴れたら、普通は死にますよね」レインコートの戦犯が、しっとりと言う。機関銃の射程距離が不明なので、できる限り距離を取っていて、簡易的な双眼鏡を作っている——『水』でレンズを作っている。「サー・カンサーが殺されたのは、やはり痛いですね。唯一ではないにせよ、随一の頭脳派がいなくなって、ただのパワーゲームになると、圧倒的にこちらが不利です。人数では勝っていても、実戦経験に勝るものはないようですね」「ソレハ皮肉ノツモリ？」『蠍』の戦犯が、軽口めかして言った——どんな指名手配を受けているのか、全身をエナメルの衣装でくるんでいる戦犯は、意外とウィットに富んでいる。「確カニ、私ハ暗殺者ダケド、『戦ッタ』コトハホボ皆無ダモノネ——イツモイツモ言ワレルガママ、戦ワズニ殺シテキタ」わざとらしくさえある、その丸っこい、作り物めいた声に、マペット・ボトルは「皮肉どころか。あなたが頼りだと、俺は泣き言を言っているんですよ」と言った。「俺の涙は武器ですがね」「泣ケル感性——人間性ガ残ッテイルキミガ羨マシイ」「数字上は、残る戦士はふたりですが——さすがにこちらの手口が、バレてますね。木々が焼き払われ、見通しの良くなった焼け野原であいう風に構えられては、こちらが何人組でも挟み撃ちもできない。サジタリさんがいれば、遠距離攻撃もできたんでしょうが――」残り四人の戦犯側が現在、2・2のチームに別れているのとは対照的に（正確には3・2のチーム分けだったが、『サジタリさん』がいなくなったので、今は2・2）、『酉』の逃亡後、残りふたりとなった戦士側は、ばらけてそれぞれに動くことにしたらしい――『戌』と『亥』が、ミーティングの結果、同時に殺される事態を危惧したのか……、それとも単にミーティングもできないほど反《そ》りの合わない二名が残ったのか。いずれにしても、個々に動かれるほうが厄介だった――マペット・ボトルの個人的な意見としては、二対二の構図を二戦おこなうより、四対二の構図で、一戦で済ませたかった。かと言って、『山羊』と『魚』と合流し、四対一を二戦おこなうのは、こちらにも全滅のリスクが伴う――さて、どうしたものか。「切リ札ハナイノカイ？　サー・カンサーニモ秘密ノ秘中ノ秘ハ」「あるにはあります。しかし気は進みません。そしてこの距離では無理です。断罪兄弟のときよりターゲットに近付かないと――」「空気中ノ水分ヲウォーターカッターニスルトカカ？」「そんな格好いい技じゃないですが、でも、決まれば致命傷だという確証程度ならあります」「デハ、決メヨウ。決メテ決メヨウ」「ただ、隙がありませんよ」「隙ガナケレバ作レバイイ。オリジナルノ作戦ダ。私ガターゲットノ気ヲ引ク。二対一ジャナクテ、一対一ヲ二回ヤロウ――私ガ殺サレテイルウチニ、キミガ近付ケバヨイ」「先に死ぬ気ですか？　羨まし過ぎますよ、ずっこいなあ」「ソリャ暗殺者ダモン」

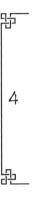

4

待ちの姿勢で三六〇度全方角に警戒心を滾《たぎ》らせながら『亥』の戦士・異能肉は、（なんだか、あの不愉快な女と初めて会った砂漠を思い出しますわね——）と思った、かなり強引に。実際、強引である——『未』の戦士・必爺の『醜怪送り』で焼き払われた原生林は、草一本残っていない焦土と化しているが、それでも土は土である——砂ではない。（砂粒では、ない——意外ですわ、わたくしともあろう者が、こうも感傷的になろうとは）この感傷は、戦士として致命傷かもしれないとも思う——この十二大戦をたとえ勝ち残り、仮に生き残ったとしても、もう自分には戦士でいる資格はないかもしれないとさえ思う。（あの不愉快な女に先に死なれると、こうもか弱くなってしまうのですね、わたくしは——わたくしが先に死んでも、あの不愉快な女は、『残念だわ』くらいにしか思わず、すぐに切り替えるでしょうに）まあ、そういう戦士だから、長い付き合いでいられたのだけど。（もっとも、砂粒の死で一番ダメージを受けているのは、実のところ戦犯側のはずですわ。あの平和主義者なら、あのまま交渉を続けていれば、十二戦犯との妥協点も、見つけられたでしょうに——）怒突がサー・カンサーを先走って殺している以上、交渉のぶつ切りは不可避ではあったけれど、それでも砂粒さえ生きていれば、どこかに着地点はあったはずなのだ。（でも、それにしては、あの不愉快な女の死に際は、意外と穏やかでしたわね――もっと本質は生き汚いと思ってましたけれど。穏やかというか、『だったらしょうがない』と諦めていたような――諦めて？　何を？）

「『蠍』ノ戦犯――『嫌々殺ス』スカル・ピョン」

　地中からだった。前後左右の三六〇度、全方角に気を張っていた肉の盲点を突かんとばかりに、焼け野原の焦げた土をまき散らしながら、戦犯は登場した――むろん、それは戦士にとって盲点ではない。彼女は空中のことも地中のことも、意識から外していなかった――空を飛ぶ魔法少女がいたのだから、土を潜るモグラがいてもおかしくはない。（砂漠なら、蠍と言ったところかしら――『蠍』の戦犯にして暗殺者、スカル・ピョン）その名を思い出しながら、肉は、打ち上げ花火のように飛び出してきた黒いエナメルの塊に、容赦のない機関銃の乱射を浴びせる――『湯水のごとく《ノンリロード》』。弾切れの心配はない、無限射撃。彼女にとっては心地よい、『愛終』の反動。黒いエナメルは、あっという間に粉々になる――と同時に、肉はもう一丁の機関銃『命恋』を、逆手に持ったバックハンドで、背後に向けてぶっ放した。照準すらも合わせない前後同時射撃――忘我の両面。そもそも、気を張る必要も、意識する必要もない――身体が勝手に反応する。（どうせ片方が囮《おとり》になって、片方が背後から迫るとか、そういう作戦でしょう――！）崖下で串刺しになっていた『射手』の戦犯の姿は、既に確認している。串刺し周囲の海面を羽毛が漂っていたので、おそらく逃亡を図った庭取に始末されたのだろう――残る戦犯は四名。二対一で、一対一が二回だろう――そのために怒突と別行動を取ったのだから。怒突とはこの島で初対面（対戦）だったわけではなかったけれど、しかし本調子でなさそうな彼とタッグを組むのは賢明ではないと言う事情も、あるにはあった……。ミスリードに対するミスディレクションはうまくいった、確かに肉は頭脳派とは言えないが、頭を使うことくらいできるのだ――と、銃弾に遅れながら、遅まきながら振り向くと、案の定、背後で人間が吹き飛んでいた――裸の人間が。（は――裸!?）既に顔面も、どころか上半身も下半身も、手足も何もかも蜂の巣になっているので、背後から、そしてやはり地中から現れたその刺客の、老若も男女もわからない――わかりっこなかった、それが誰も見たことのない暗殺者、スカル・ピョンの素顔であり、素肌だったとは。

脱いだユニフォームを前面に打ち上げ、一糸まとわぬありのままの姿で背後から飛び出した――脱皮した『蠍』の、『蠍』と『蠍』の挟み撃ち。

（しまっ――）数々の重要人物を葬ってきた暗黒の暗殺者をあの世に送りながら、肉は顔を引きつらせる――こんな子供騙しに引っかかるなんて。(やっぱり、感傷はわたくしにとって致命傷でしたわ――あなたの死は、あなたにとって残念なことでしたけれど――わたくしにとっては死因でしたわ、砂粒)『湯水のごとく《ノンリロード》』――弾丸の数は無尽蔵でも、しかし二丁機関銃である以上、銃口の数は限られている、ふたつだ。それを前後に使い切っている、この刹那の隙を、突かない敵などいるわけがなかった。

「『水瓶』の戦犯――『ウエットに殺す』マペット・ボトル」

どういう角度からか、ぬめっとした、湿った五指にうなじに触れられた。首を絞められるのかと思った――しかしそうではなかった。

5

水を司《つかさど》る戦犯、マペット・ボトル――断罪兄弟がおのがじし背負っていた液体水素とガソリンを空っぽにすることができたし、海に飛び込んだ庭取を水圧で押し潰すこともできた。だが、人体の体内を流れる『血液』をコントロールするためには、ゼロ距離まで接近する必要があった——二匹の『蠍』の犠牲が必須だった。だが、パーソナルスペースまで近付いてさえしまえば、もうこちらのものだった。体内の血液をすべて蒸発させられて、戦い続けられる戦士なんているわけがない——生き続けられる戦士なんているわけがない。焼け野原にうつ伏せに倒れ伏した異能肉を、静かに見下ろして、「これで、残るところはあとひとりですね——俺達も、残るところはあと三人ですが」『射手』の戦犯、ウンスン・サジタリに続いて、『蠍』の戦犯、スカル・ピョンも殺されてしまったので、さすがに『山羊』と『魚』のコンビに合流しなければ——単独行動は可能な限り避けるというのが、今は亡きサー・カンサーが敷いた基本方針だ。マペット・ボトルは一息もつかず、水分補給もせず、踵を返す。

「『亥』の戦士——『豊かに殺す』異能肉」

背を向けた瞬間、撃ち抜かれた。『湯水のごとく《ノンリロード》』——しかし決して水ではない鉄の弾丸が、豪雨のごとく貫いた。『愛終』と『命恋』——ふたつしかない銃口が、ふたつとも彼を向いて、容赦なくマズルフラッシュを放っていた。「少し——驚きましたわ。驚いて、倒れてしまいました——悲しいことに服が汚れてしまいましたわ。水分を操る戦犯の存在は聞いていましたけれど、まさか人体の水分まで関与なさるなんて。でも、ご存知ありませんでしたか?」銃声を止めて、土埃を払いつつ、優雅な台詞を決める。「ノーブルに『湯水のごとく《ノンリロード》』なのは銃弾だけですわ——その不明は、わたくしにとっては残念なことですけれど、あなたがたにとっては死因でしたわね。わたくしには、血も涙もありませんのよ」

6

当然ながら、血も涙もないエレガントな戦士だからという理由で、『亥』の戦士・異能肉は体内の血液を蒸発させられなかったわけでない——彼女にマペット・ボトルの攻撃が通じなかったのには、まったく別の理由がある。確かに『水瓶』の戦犯の技術は恐ろしい——そんなアビリティを持った者が敵対勢力にいたら、不幸としか言いようがあるまい。けれど、ならばマペット・ボトルのほうも、そんな不幸としか言いようもない事態に遭遇する可能性を、視野に入れておくべきだった——自分にできることは他の誰かにもできることであり、どころか、もっとうまくできる誰かさえいるかもしれない。そんな謙虚な気持ちを、湿っぽい犯罪者は持っておくべきだった。個人名を挙げるならば、たとえば——たとえば、『申』の戦士・砂粒。彼女は修行時代、ものの本に登場するような絵空事めいた三仙、水猿《みざる》・岩猿《いわざる》、気化猿《きかざる》から薫陶《くんとう》を受けていて、液体どころか、固体や気体まで自在に操れる才覚を体得していた。すべての『状態』は――すべての『三態』は、彼女の掌上であり、彼女の掌中だった。もっとも、平和主義者であることを己に課した彼女は、その才覚を禁忌として封印した――確かに、そんな万能技を使えば、大抵の戦争は力で制圧できるに違いないが、力による制圧は、より大きな力を生むだけだと彼女は悟っていた――三態を操る仙人ならぬ戦士の存在が広く知られれば、次は真空を操る戦闘兵器が開発されるだろう。インフレーションだ、むしろ、この力が必要ない世の中を作らなくてはならないのに――ための戒《いまし》めだった。力なき正義は無力なんて言葉を、生涯をかけて否定したかった。どんな苦境に直面しても、たとえそれで軋轢《あつれき》が生じようとも、相手が持つ以上の暴力は使わない。ウエットな戦争犯罪人と違い、そんな理不尽な制約を、平和主義者は数少ない誇りとしていた。

死ぬ直前までは。

ほとんどただの反射だった、コロッセオの地面を嘗《な》め、死にゆく自分に駆け寄って来た古なじみに、禁忌の防御式を施したのは。禁忌と言っても、『戌』の戦士が『酉』の戦士に投薬した『ワンマンアーミー』と違って、デメリットとなる副作用みたいなものは一切ない。せいぜい、頼みもしないのにそんな真似をされたと知ったら、異能肉のプライドが酷く傷つくことごとらいだ——だから砂粒は伝えなかった、勝手に肉の血液に、液体操作への対抗策を仕込んだ、余計なお世話については。一切のダイイングメッセージを残さなかった。優雅であることを重んじる気品溢れる彼女が、らしくもなく駆け寄って来たからこそできたお節介だ——自分の心臓が止まるときにさえ使わなかった決まりごとを、最後の最後に破ってしまったけれど、まあそんなのどうでもいいやと、砂粒は思った——誰もが英雄視し、ちやほや祭り上げ、崇め奉ってくれる平和主義者のことを、一番近くで嫌い続けてくれた——横暴な平和主義者の、ストイックな批判者であり続けてくれた彼女の生存率を、ほんの一パーセントでも上げられたのなら……、彼女をほんの一秒でも長生きさせることができたのなら、それで十分満足だった。私を嫌い続けるあなたのことが、私は本当に大好きだった——

「……咄嗟に死んだふりをしたときに、水のように漏らしてくださった独白から判断すると、どうやら『酉』の彼女の敵前逃亡は、失敗したようですわね。およそ仲良くなれそうもない小娘でしたが、そうなると、哀れでもありますわ——わたくしの願いごとで、ついでに生き返らせてあげましょうか。なんなら他のメンバーも全員。誰かさんの猿真似ですわ」スカル・ピョンとマペット・ボトルの死亡を入念に確認してから、血も涙もない戦士は、がしゃりと大仰に、二丁機関銃を左右に構え直して、力強く叫んだ——とにもかくにも、目も当てられないワンサイドゲームだった第十二回十二大戦のスコアは、これでイーブン。「はっ、どーよ！　追いつきましたわよ、リーダー！」

（戦士2――戦犯2）
（第十戦――終）

第十一戦

秋の日は釣瓶《つるべ》落とし

マペット・ボトル◇『水が欲しい。』

本名・トーマス・B・トールズ。二月二日生まれ。身長176センチ、体重62キロ。罪名・放火罪。戦場の英雄譚として語られる十二戦士に憧れて、自分も命がけで戦いたいと願う年相応の少年だったが、しかし彼の暮らしていた地域は政治的空白に基づく非戦闘地域に属し、戦う機会も、活躍の機会も得られなかった。ただただ無意味とも思える訓練を積み重ねることにいい加減業を煮やした少年は、敵襲に見せかけた放火行為に手を染めるようになる。自ら火を放ち、自ら消火する——字義通りのマッチ・ポンプだったが、彼には偽装工作の才能があったようで、火の手があがる場所を必ず見つける奇跡のファイヤーマンとして地元紙に取り上げられるに至った。しているうちに、火よりも大火を、大火よりも大炎を求めるようになり、初めて消火をし損なったときに、自分の故郷を丸焼けにしてしまった。その失敗（失火）を隠蔽するために砂防ダムを決壊させ、周辺の政治的空白地帯ごと、湖の底に沈めたのだった。この偽装工作もしばらくは露見しなかった（と言うより、誰も気にかけなかった）が、皮肉にも戦争が終結したのち、勝利国の検証によって、過去の悪事が根こそぎあらわになる。戦後、第三国の浄水施設で働いていた彼は、捕らえに来た自国の捜査官を振り切るために海外にも輸出される飲み水を有毒化し、大混乱を引き起こし、その隙を突いて逃走する。子供の頃思っていたのとはだいぶ違う自分に育ってしまった。そんなわけで、着用しているレインコートは防火性。安心毛布のように手放せない、燃えさかる炎の中に飛び込み続けた日々の、思い出の品だ。

1

断罪兄弟と同じく、『戦犯に限りなく近い戦士』と自称した怒突ではあったが、仮にその両者の線引きが、『弾劾裁判を受けたことがあるかないか』にあるとして、ならば、怒が考えずにはいられないのは、(『戦争犯罪人に限りなく近くない戦士』ってーのは、いったいどんな奴なんだよ?)である——戦争そのものが人類の巨悪と見做《みな》されるのであれば、どういう形であれその乱痴気騒ぎに参加する戦士は、『正義の味方』ではありえないのでは? 人間を殺す、建物を壊す、草木を燃やす、海に毒を流す、動物を殺処分する、空気を汚す、殺しの道具を作る、効率のいい戦略を練る、民衆から搾取する、身内を弾劾する、資源を消耗する、捕虜を捕らえる、人道的に拷問する、敵意を広める、自軍を煽《あお》る、敵軍を騙す、武器を奪う——そして人間を殺す、殺す、殺す、殺す。ＴＰＯを弁《わきま》えなければ、結局のところ、やることなすこと、そのほとんどすべてが犯罪に該当する行為ばかりだ。非常事態で、戦争状態だから許されているだけで、一般的には『やっちゃ駄目だ』と教えられていることばかりじゃないか——たとえ理想を掲げる平和主義者とて、戦場で無罪でい続けることはとても難しい。それは、実際この

第十二回十二大戦でも、『申』の戦士・砂粒が、少なからず死者を出していることからも明らかである――交渉のテーブルにおける腹の探り合いも、平時に行えば、お互いがお互いを詐欺にかけようとしているのと一緒だと、平和主義者に対して厳しい見方をする機関銃の使い手あたりなら、きっぱり断言するかもしれない。怒はそこまでは割り切れないし、割り切らない――線引きなんてあってないようなものだと考えている、否、そんなことさえ考えていない。

なるほど、確かに彼が副業としておこなっている人身売買は、戦時中でさえ法に違反する――違反する国家もある。一応、それが法に触れないルートを通してはいる、戦犯かもしれなくとも馬鹿ではない――のだが、じゃあ、彼が『ある特定の子供達』の資質を見抜かず、その『商品』に相応《ふさわ》しい販路に乗せていなければどうなっていたかと言えば、『商品』は『廃棄』されていただけのことである。自分の理念や意欲を主張する気なんて更々ないけれども、しかし、『子供達を飢え死にさせてでも正義を守れ』とまで言われると、反論はしないまでも、『はい？』とは思う。子供達を食い物にするなんて許せないと言われても、その子供達には食べるものもないのだ――まあこんな考えかたは自己肯定の手段でしかないこともちゃんとわかっている。最善ではないかもしれないけれど、かかわったみんなが得をするウィンウィンの関係だなんてただの偽善だ。偽善でもやらないよりはよっぽどましと言いながら、それでも悪人より偽善者に厳しい世の中である――怒突が営むその商売にしたって、親からも、世の中からも、あるいはモラルからも外れた子供を、見殺しにしたり、ひと思いに殺してやったりすることが、

『なんだか後味が悪い』と思い、その役割を——その権利を分割して販売したところがスタートである。ある意味、『あとのことなんて知ったこっちゃねえよ』という割り切りもあった——ただし、そうは言っても、自分がやったことの結果をこうもはっきりと突きつけられると、やはりハードだ。精神的に来るものがある。(『あとのことなんか知ったこっちゃねえよ』つっても、実際にその顚末《てんまつ》を目の当たりすると、息を呑むぜ。『今さえ良きゃあいい』つって後回しにしたツケが、わかりやすく回ってくると——)こういうことになる。こんなことになるとは思っていなかったことになる。調子が狂いっぱなしだ。てんでなってねえ。ああ、本当、他の十二戦士をぶっ殺して、『たったひとつの願い』を叶えようとして、意気揚々とこの島に上陸したときは、まさかこんなことになるなんて思ってもみなかった——

「『山羊』の戦犯——『病的に殺す』ゴー・トゥ・ヘヴン」
「『魚』の戦犯——『生かして殺す』ドクター・フィニッシュ」

大規模な空爆を受け、とどめに三機の戦闘機が墜落してきたことで、地盤ごと粉々になった古城の跡地で、城砦の瓦礫と戦闘機の鉄片がらいらいと積み上がった中心部で、『戌』の戦士・怒突と、ふたりの戦犯は向き合っていた——向き合っていたというのは正しくない、怒はふたりがかりのアクロバティックな挟み撃ちに耐え切れず、追い詰められ、ほうほうの体でどうにかここまで逃げ来たのだから――まったくみっともねえと、自分で自分が嫌になる。ただ、彼の戦闘スタイルである『毒殺師』がまるで通じないとなると、こういう展開は予測してしかるべきだった。戦犯側に同じ手口を使う教え子、ドクター・フィニッシュがいる以上、用意した、あるいは調合した、すべての毒は解毒されてしまう――その条件はこちらも同じで、女医が処方する毒薬はすべて、怒には通じない。そういう意味では、必ずしも別行動で外れを引いたとも言えない――けれど、教え子ふたりと戦う展開になったのは、因果としか言いようがなかった――因果応報としか。（とにかく、『毒』は躱《かわ》せる、今のところ――だから問題は、もうひとりのほう――ゴー・トゥ・ヘヴンだ）車椅子の彼女は地雷使いだった。島のあちこちに、既に地雷を仕掛けていたし、また戦闘中にも、無数の、多種類の地雷を、地面に埋め込み続けていた――『酉』の戦士の『鵜の目鷹の目』、魔法の絨毯が失われていることが、こうなると痛い。（犬は基本、地面を走るもんだからよ――ったく。フィニッシュの『毒』はまだしも、お前にそんな悪さを教えた覚えはねえぜ）と言うより、ゴー・トゥ・ヘヴンのほうは、教え子としての印象が薄い。どこに売り払ったかも、正直おぼろげだ――そんな無関心が、そして無責任が、やけにしっくりくる、しかし間尺に合わないこの苦境を生んだのだろうか。その後、どんな人生を送れば、地面を地雷で埋め尽くしたいなんて願う、熱狂の戦争犯罪人が誕生するのだ？（その後、どんな人生を送れば――違う、俺も結局、こいつのろくでもねえ人生の一部なんだ）こうしてじかに、第三者抜きでバトルになっても、どうやらふたりの教え子は、恩師を覚えていないようだが——その事実がより、怒突の魂を責め立てる。これが映画だったら、ここで改心しているところだ——しかしこれは十二大戦なので、そうも言っていられない。地雷攻撃を避けるために、瓦礫と鉄片の山へと移動したのだ。読み通り、確かにこのガタガタででこぼこなグラウンドコンディションでは、いかな達人も地雷は仕掛けにくいようだったが、しかし車椅子の少女は足場の悪さをものともせず、女医と共に追撃してきた——まき散らされ続ける粉末の無毒化も継続しておこなわねばならないので、結局、小休止にもならない。（わかんねーのは、向こうのふたりは、息切れひとつしてねーことだ——まさか使ってんのかよ、秘薬『ワンマンアーミー』を）だとすれば、戦犯の中でも特に戦場経験の乏しそうなふたりが、このクライマックスまで残っていることにも得心がいく。どんな副作用が出るかもわからない毒薬を、自分の肉体に——

「あなた——ひょっとして、私達を可哀想って思ってる？　犯罪者になんてなって可哀想って」

ドクター・フィニッシュが、距離を保ったままで言った——足は止めない、ゴー・トゥ・ヘヴンと互い違いになるように、ちまちま動き続けている。少しでもこちらの集中力を散らすように。「いまいち、乗り気じゃないみたいだけど——ひょっとして、わたし達の生い立ちに同情してくれてるのかしら？　だったら、同じ『毒殺師』のよしみで、さっさとやられてくれると助かるんだけれど」「積極的に地雷を踏んでくれると理想的」ゴー・トゥ・ヘヴンも言う。「いいわよね、そんな風に。いいことも、悪いこともできて」「…………？」（いいことも、悪いこともできて？）どういう意味だろう——今更改心なんてできないと、どころか後悔さえできないと思ったところなのに。「あなたの他にも殺さなきゃいけない戦士が残っているしね——あの機関銃のお姉さんは……、スカル・ピョンとマペット・ボトルのふたりがかりならまず大丈夫だと思うけれど、あの機関銃のお姉さんは平和主義者が殺されたことに、随分お冠だったみたいだし……、あれってずるいと思わない？」「ずるいずるい」問いかけは怒突に対するものだったが、先にゴー・トゥ・ヘヴンが頷いた。先にも何も、意味がわからないので、怒突には答えようがなかったが——何がずるい？　確かに『亥』の戦士は、砂粒の死に動揺していたようで、その振る舞いは聞いていた噂と違うと思ったが。「『実はいい人』とか、『根はいい人』みたいなどんでん返しが許される人はいいなって話——わたし達みたいなワルと違って」「…………」気を引くための会話——と言うより、揺さぶりをかけている。憐憫《れんびん》を拒否するようなことを言いながら、こちらに迷いがあると見るや、口先で防御網を張っている——徹底している。確かに徹底した悪党だ、惚れ惚れする。こうなると、逆に、戦士と戦犯の歴然たる違いを思い知らされた気もする——犯罪者。かつての教え子を前にしたくらいであたふたしている怒じゃあ、パーフェクトな犯罪者にはなれないのかもしれない。限りはあるのかもしれない。「『選択の余地なく殺す』って言うのは、『双子』の名乗りだったけれど、十二戦犯はみんな、そうなのよね――わたし達には、『選択』も『余地』もない。『の』すらないかもね――何もないかもね。どんなルートを辿ろうと、結末はおんなじ」「……じゃあ、何が欲しいんだ？」黙っていると、次第に追い詰められたみたいな雰囲気になってくるので（実際追い詰められてんだけどよ――）、「何が欲しくて、何がしたくて、お前達は戦ってるんだ？」と訊いた――砂粒がコロッセオの交渉で、さんざん追及していたことだ。その答はついに得られなかったが――それとも、死に際に得られたりしたのだろうか？　あの名高き平和主義者にしては、やけにあっさり殺されていた――収穫もなく殺されたとは思いにくい。「答えろよ。お前達は何が目的で、十二大戦に参加した？　いいだろ？　教えてくれや。どちらが勝つにしたって、どうせもうすぐ終わるんだから」別に答えて欲しいとも教えて欲しいとも思わなかったが、と言うより、もうこのふたりについて、何も知りたくなかったが、それでも体力回復を目論見、会話を繋ぐ。「お前らは、勝てば何を得られるんだ？　金か？　名誉か？」わざと俗っぽい例示をしたのは挑発のためだったが、それにしてもそのあまりの安っぽさに「何も得られない」と、ゴー・トゥ・ヘヴンのほうが答えた――ドクター・フィニッシュほど口達者とは見えない彼女のその返事は、策略のない本心にも聞こえた。「勝っても生き残っても、プラスはない。それがいいのよ――ないほうがいい」（――プラスはない？　じゃあいよいよ、何がしてえんだよ。運営委員会に参加を強要されてるんだったら、平和主義者のねーちゃんに助けを求めないわけがねえし——どう考えても積極的に参加している。ゲストですらねえ）「ふふっ、そうね。そろそろ説明してあげるわ。わたし達がどうしてこの第十二回十二大戦に横入りしたのか——そう、あれは間違いなく十二年前のことだったわ」相棒の発言を遮るように、ドクター・フィニッシュが滔々《とうとう》と語り出した。明らかなフェイクだった。と言うのも、彼女が白衣の影で、注射器を取り出すのが見え見えだったからだ——見え見えと言っても、あくまで怒が『毒殺師』だからこそ察知できた動きだが、しかしだからこそ察知できたことなら他にもあって、そちらのほうがよっぽど脅威だった。（あ——あいつ、まさか自分の静脈に『ワンマンアーミー』を、追加投与する気か⁉）ただでさえその後の人生にかかわる副作用が生じかねない、後先考えないドーピングを、二重がけしようなんて——その場でショック死してもおかしくない暴挙だ。だがその効果は、四倍以上を見込めるだろう。単純なパワーで、あの『皆殺しの天才』、『丑』の戦士・失井さえ凌駕《りょうが》するほどに。（だが、失敗すれば死——ぬことは、怖くねえんだ、こいつらは。もう嫌ってほどわかってる。ひとりでも生き残れば、それで勝ちって考えてる連中なんだから——）「十二年前と言えば、そう、わたしは当時はまっているアニメがあって——」だらだら喋り続ける彼女に対し、迷っている余裕はなくなった。体力の回復を待っている余裕もなくなった。

「『戌』の戦士——『噛んで含めるように殺す』怒突」

言うが速いか、怒突は自分の腕に噛みついた。そしていち早く注入する――秘薬『ワンマンアーミー』を、体内に。後先考えないドーピング――ほとんど初めてに近い自己投与、効果は即座に現れる。（ちっ――なんで俺がこんな危険な賭けを――）決まっている。ドクター・フィニッシュの更なる自己強化が成功すれば、その時点で勝負は決するからだ――決して、彼女に危険な賭けをさせないために、自分が危険な賭けをするんじゃない。まさかそんなことのために、いち早く跳躍し、

「『狂犬鋲』――！」

鋭い牙で、元教え子の喉元に噛みつくんじゃない――ドクター・フィニッシュの身体に覆い被さる『戌』の戦士・怒突の身体に、そのとき、大量の弾丸が降り注いだ。

2

「――――!?」墜落した戦闘機の翼の影から『魚』の戦犯、ドクター・フィニッシュの胴体を狙ったはずが、急に飛び出してきた『戌』の戦士・怒突の背中に、二丁機関銃から放った弾丸が一発あまさずヒットしたことに、『亥』の戦士、異能肉は、少なからず動揺した――敵はその動揺を見逃さなかった。元々こちらの居場所を特定していたのか、それとも弾丸の出所から推測したのか、同じ射線で、いつの間にか手に持っていた注射器を投擲《とうてき》してきた――『射手』の戦犯のごとくとはいかなかったが、そこは女医の乾坤一擲《けんこんいってき》、異能肉の頸動脈に一発で針を通してみせた。(まずいですわ、『毒殺師』の彼女に、わたくしは何を注射され――)焦りつつも、まだその時点では誤射してしまった怒突のほうを気にかける余裕があった。『水瓶』の戦犯の攻撃を払いのけた『血も涙もない』自分なら、毒物の注射には耐えられると思ったのだ――だから余裕があった、その注射器が元々空っぽだったと確認するまでは。(空気注射……いえ、し――真空注射!?)三態を操る戦闘術が世に知られれば、次はそれ以上の戦闘術が現れる――たとえば真空を操る戦闘術とか。インフレーション。『申』の戦士が己の仙術を封印した理由のひとつが、そこに、こんなちっぽけな形で、新次元の概念として結実していた。真空が『亥』の血液を、水分を、まったく『状態』を変えないままに、しかし吸血鬼のごとく吸い上げて――彼女は一気に虚血『状態』に陥る。(海上都市を丸ごと借り切って――古城から原生林まで惜しみなく破壊して――ミサイルや戦闘機まで引っ張り出して殺し合った挙句が――『何もない』真空ひとつで決着ですの!?)納得がいかない――だが一方で、どんな死にかたなら、納得できたというのだろう。十二星座の戦犯達の大半が、なぜ納得しながら死んでいったのか——そして、どうして砂粒が諦めたように死んでいったのか、異能肉にはまったくわからなかった。(まったく……、わたくしの死因は、あなたとの友情でしたわね……、それはわたくしにとって、嬉しいことですけれど)真空に飲まれながら、真空を飲まされながら、最期の瞬間に、こう願った。(もしも生まれ変わりがあるのなら……、次は、九年後が優雅ですわね)

3

「何をしたの? フィニッシュ」「秘薬で底上げした視力のお陰で、匍匐《ほふく》前進で接近し、戦闘機の翼の陰に潜んでいた『亥』の戦士に気付けたからね——二対二になれば、とても勝てないと思ったから無謀な賭けに出たの」「このグラウンドコンディションじゃ、私が地雷を使えないから、実質一対二になるしね。言ってくれれば囮《おとり》になったのに」「わたしが囮になるほうが楽だったから——わたし自慢のトーク力で『戌』の注意を逸らしながら移動し、機関銃の射線に入った。『毒殺師』同士なら、どんなにこっそり取り出しても、注射器に気付いてくれると信じていたわ——それを自分に注射する素振りを見せたら、すわ重ねがけをするつもりかと、焦ってくれるはずって思っていた。あっちが『ワンマンアーミー』を使うところまでは予想外だったけれど、わたしが射線に入るタイミングと、『戌』がわたしを殺しに来るタイミングをどうにか同期できれば、弾丸は戦犯じゃなくて戦士を仕留めるはず」「そして、味方を撃ってしまったことに動揺した『亥』に、お返しのお注射？　呆れた。成功率二十パーセントくらいのプランじゃない」「成功率は低いほうが面白いじゃない。背中から刺すのが面白いのと同じよ。……おや？」「どうしたの？　フィニッシュ」「『戌』の戦士はわたしの同業者だったみたいだから、アイテムのドロップを期待したんだけれど……、わたしに飛びかかってきたときに牙に仕込んであったのが、麻酔薬だったみたいなの」「麻酔薬？　致死性の猛毒とかじゃなくて？」「うん。つまり──」「つまり？　この、まるで罠だってわかった上で盾になってくれたような、この犬のおじさんは？」「この犬のおじさんは、わたしの重ねがけを恐れたあまり、うっかり薬品を取り間違えたみたい。思考力もアップしているはずなのに、わたしならとても考えられない、とんだ医療ミス」

bad dogだね。

「さあさ、ヘヴン。思わぬ苦戦をしたけれど、ここでふたり殺せたのは、結果オーライどころか、僥倖《ぎょうこう》だったわ。一石二鳥だったわ──そう、『鳥』。残る戦士はあとひとりよ──『酉』の戦士・庭取を殺しに行きましょう」「うん。いないほうがいい」既に『残るあとひとりの戦士』が、逃亡の末に溺死させられていることをまだ知らないふたりが、このあと、十二時間ほど島内を、へとへとになるまで徘徊《はいかい》し続けることになる。そんな小粋なおまけエピソードも挟みながら――勝利の雄叫びも、勝利の宴もなく、第十二回十二大戦、これにて決着。
積み重ねられ、罪重ねられた死屍累々《ししるいるい》の果てに、星々のくだらない犯罪計画が明かされる。

（戦士0――戦犯2）

（第十一戦――終）

終戦

水清ければ魚棲まず

ドクター・フィニッシュ◇『モルモットが欲しい。』

本名・ノクターン不二《ふじ》。三月三日生まれ。身長163センチ、体重49キロ。罪名・医師法違反。彼女がそのたぐいまれなる才能を発露したのは、劣悪な収容所内でのことだった。年端もいかない子供が、あり合わせの道具で同房の収容者達の傷病《しょうびょう》を治療する様子が一目置かれ、と言うか、面白がられ、その医術をさながら見世物のように扱われる。手術台ならぬ劇場の舞台で治療した患者の数は、四桁を超えた。そのイベントの主催者だった所長と婚姻関係を結ぶことで釈放されたが、またたく間に新郎とその一族を毒殺し、その後、戦場各地の野戦病院に、身分素性、年齢を偽《いつわ》って勤務する。手段を選ばぬ鮮やかな術式で、世界中にその名をとどろかすことになるが、当然違法。同時に、それまで陰で行っていた人体実験の数々も表沙汰になる。年齢が理由で軽んじられるのを嫌い、大人びたメイクを心がけている。そんな経緯もあり、アンチエイジングならぬエイジング化粧品の開発も手がけている。『毒殺師』としての技術（医術）がそこでも活かされている。ジャンガリアンハムスターとゴールデンハムスターを飼っていて、それぞれ名前は、アドレナリンとリンパ。

1

最終戦績——スコア／0—2
（死亡順・殺害人数・殺害者）

十二戦士——×『子』（1・0・『牡羊』）
×『丑』（2・0・『牡羊』）
×『寅』（3・0・『魚』）
×『卯』（4・0・『牡羊』）
×『辰』（5・0・『射手』）
×『巳』（6・0・『射手』）
×『午』（7・0・『魚』）
×『未』（8・0・『蟹』）
×『申』（15・4・『魚』）

×『酉』（17・1・『水瓶』）
×『戌』（21・1・『魚』）
×『亥』（22・4・『魚』）

十二戦犯——×『牡羊』（14・3・『亥』）
×『牡牛』（11・0・『申』）
×『双子』（9・0・『申』）
×『蟹』（16・1・『戌』）
×『獅子』（10・0・『申』）
×『乙女』（12・0・『申』）
×『天秤』（13・0・『亥』）
×『蠍』（19・0・『亥』）
×『射手』（18・2・『酉』）
○『山羊』（生存・0・／）
×『水瓶』（20・1・『亥』）
○『魚』（生存・5・／）

2

「以上を持ちまして第十二回十二大戦は終了でございます！　賑々《にぎにぎ》しくお送りして参りました十二支の戦士と十二星座の戦犯の団体戦、軍配が上がりましてございますのは、チーム十二星座という結果に相成りました！　エヴリバディ・クラップ・ユア・ハンズ！」「似てない」『魚』の戦犯、ドクター・フィニッシュの物真似に、『山羊』の戦犯、ゴー・トゥ・ヘヴンは、不快そうに顔をしかめて辛辣《しんらつ》な批評を下した――戦いの舞台だった人工島を何周もし、どうやら、もう戦士はひとりも、そして自分達以外の戦犯も、生き残っていない確証を得たのちのことである。ここは、ドクター・フィニッシュが、びしょ濡れで這い出してきた砂浜の波打ち際だ――彼女が直に殺した『寅』の戦士の死体は満ちた潮に流されたらしく、既に見当たらない。あるいは、どこかのタイミングで、『酉』の戦士が『鳥葬』したのかもしれない。患者から駄目出しを受けた女医は、恥じらうように、「まったく似てないってことはないでしょう、これでも」と、釈明する。

「これでもボールルームでルール説明をしたときには、十二戦士はひとり残らず、わたしのことを審判員ドゥデキャプルだと思い込んだんだから」

まあそのときには多少の『整形手術』をしていたけれどね——と、更に言い訳じみた台詞を付け加えつつも。薬物投与で声色を変え、年齢だけでなく性別すら偽り、人前に出るためのお化粧というには、ほとんどSFXめいた特殊メイクも施していた——医療技術の限界に挑戦したと言ってもいいあの『物真似』を、初見で見抜ける者がいたらそのほうが驚きだ。もちろん、同じボールルームで『子』の戦士になり切っていたフレンド・シープと違って、あくまでも物質的でオプチカルな変装なので、その場に集まった十二戦士の全員が、審判員ドゥデキャプルと初対面であることが絶対条件の物真似ではあった。ドゥデキャプルは第十一回十二大戦でも審判員を務めていたとのことなので、知っている者がいないとは——たとえば前回の優勝者だった『亥』の戦士に連なる異能肉あたり——限らなかったので、綱渡りであることには変わりないにせよ。「古城を抜け出したあと、ふらふら跋渉《ばつしょう》していた『寅』の戦士とひょっこり鉢合わせになりそうになったときはマジで焦ったけどね——メイク落としの時間がなかったから、咄嗟に海に飛び込んだりして、海中で着替えたりして。手製のウォータープルーフで、顔を作り直したりして。お陰で、奇をてらった登場をする色物キャラだと思われたわ」「それは大丈夫と思う。うちのチームには、魔法少女やお嫁さんもいたんだし。むしろいいカムフラージュになったんじゃ」「そこと一緒にされてもねえ」つまり、こういうことである——第十二回十二大戦のルール、『十二支の戦士対十二星座の戦犯』。誰もが違和感を抱いた、通例とは趣を異にするこのイレギュラーなルールを説明した審判員ドゥデキャプルの真の姿は、ドクター・フィニッシュだった。テーマがイレギュラーなのは、だから理の当然なのだ。

すべてがでっち上げなのだから。

第十二回十二大戦は、運営委員会でも、はたまた『有力者』の面々でもなく、彼女達十二戦犯が、独自に開催したものだった——戦士達に課されたルールが『生死問わず』なのは、そもそも懐疑的だった平和主義者を混乱させる目的もあったが、基本的には、単に戦犯に有利なルール設定をしただけのことだ。なので当然、仮に戦犯が全滅し、戦士側が勝利を収めたところで、彼らひとりひとりに、『どんな願いでもたったひとつだけ叶えることができる』権利など、付与されない——いわんや戦犯側をや。ならばどうして、彼女達十二人、『双子』をふたりと数えるならば十三人の犯罪者達は、そんな自作自演のでっち上げに、命を賭けたのか？　否、それは賭けでさえなかった。消費だ。犯罪者達はでっち上げに、命を消費したのだ——一世一代の犯罪計画。その実態。

3

かつての平和主義者――表からも裏からも一線を退《ひ》いたはずの『蟹』の戦犯、サー・カンサーは、自ら抜擢《ばってき》した十二星座の戦犯に、次のようにスピーチした。既に個々への面談は済ませたあとの決起集会でのことなので、あるいはそれはスピーチと言うより、ストーリーボードの共有だった。『山羊』の戦犯も『魚』の戦犯も、その場にいた。「戦時中は犯罪行為と英雄行為が渾然一体となる。平時には、平和のために仲良くしようとのたまっていたのに、戦時には平和のために殺せと命令が下る――荒くれ者が一夜にしてスーパースターになり、許されざる大量殺人が礼賛され、人道にもとる行為も非常事態だからと言って許される。もちろん、遥か昔から争い続けて来たのが人類の歴史であり、正史だ。平和なんて贅沢品で、戦時中の英雄が、後世の解釈で反論も許されずに裁かれるほうが異常なのかもしれない――だからそこは問わない。戦争が戦士を生み、戦争が英雄を生む。それはいい――問題は、戦争が生む犯罪者だ。ぼく達、犯罪者だ」サー・カンサーは、年齢を感じさせない力強い口調で続けた。紳士然とした振る舞いを忘れたかのようなその演説は、力説は、彼が『本気』であることを意味していた。

紳士的ではなかった――だからこそ、揃えた戦犯達と、とことん対等な口調は、真摯《しんし》だった。
「ここに集まった十二星座は、多かれ少なかれ、戦争がなければ生まれなかった犯罪者だ――戦争あってこその戦争犯罪人だ。言葉遊びではなく、戦争がなければ戦災もないよう、戦争がなければ戦犯もない。なるべくしてなった戦犯だ。ならず者が英雄になる一方で、代わりにならず者になった帳尻合わせだ」焚きつけるようなその言葉に、大きく反応する者はいなかった――そんなことはみんな、言われるまでもなくわかっていたからだ。戦争さえなければと、そう思わなかった日はない。だけどそんなのは、生まれなければよかったのにと、そう思っているのと同じだった。そう思っていた――だけど、サー・カンサーだけは、そう思っていなかった。

「だから、なくそう。戦争をなくそう」

犯罪計画に誘ったときと同じ言葉を、同じ風に、サー・カンサーは言った――それ以上の殺し文句は、『山羊』にも『魚』にも、他の星座にもなかった。ある意味で、しかし『申』の戦士・砂粒でさえ現実的には抱いていない、およそ到達点とも言うべきそんな目標を掲げてから、その途方もない夢を叶えるための具体的なプランを、老紳士は――否、戦争交渉人は語り始めた。「そのために、近く開催される、第十二回十二大戦を粉砕する。戦争の中の戦争、戦争の上の戦争、世界各地で繰り広げられるあらゆる戦争の象徴——十二年に一度開催される十二戦士の戦い、十二大戦を、ぼく達の手で台無しにする」そう宣言した——そう宣誓した。宣戦布告した。

「十二大戦を、ぼく達の汚れた手でベタベタに触って台無しにする」

最初にその計画を聞かされたときには、とっくの昔に死んでいたはずの自分の感情が、わずかに沸き立つのを感じたけれど、それでもやっぱり絵空事だと、ゴー・トゥ・ヘヴンも、ドクター・フィニッシュも思った——十二大戦を粉砕する？　台無しにする？　そんなことができるとは考えられなかったし、また、できたとしても、数ある戦争の中のたったひとつを停戦させたところで、それがいったい何になるというのだろう。十二大戦に横入りして、優勝して、世界平和でも願おうと言うのか？　だが、サー・カンサーの目標はそんな浅薄ではなかった。もっと深かった——もっと闇が深かった、彼の上げた怪気炎は。「これは悪巧《わるだく》みではなく、悪あがきだよ。むろん、ぼく達が十二大戦を乗っ取り、優勝したところで、願いを叶える権利を得られるわけではない——それでいい。そもそもそんな豪華賞品こそが、日々戦争を勃発させているのだから」得るものはないほうがいい——と、『蟹』は言う。「『むしゃくしゃしたからやった』——ぼく達の動機は、それでいい」

4

①でっち上げの十二大戦に、②十二支の戦士を集めて、③皆殺しにする。

一言で言うと、十二戦犯の計画は、この三段階に尽きる――戦争の象徴とも言うべき十二大戦で、戦争によって生まれた英雄の象徴とも言うべき十二戦士が、ただの犯罪者に全滅させられる。こんな痛快なジャイアントキリングが他にあるだろうか？　その瞬間、戦士の価値は大暴落する――戦士の意味は烏有《うゆう》に帰す。戦争の意味を検証せざるを得ないほどに――犯罪者集団に台無しにされるような争いに、いちいち躍起になるのが馬鹿馬鹿しくなるほどに。『申』の戦士・砂粒が懸念していたように、破壊兵器の開発は、更なる破壊兵器の開発を呼ぶだけだが、しかし最新鋭の技術を用いて、大枚をはたいて開発した兵器が、どこにでもあるその辺の竹やりに負ければ、モチベーションは維持できない。歴史的な戦争をコケにして、偉大なる英雄をお笑い種にする。こてんぱんのぼこぼこにする。下剋上なんて上等なものじゃない――試みはこれ以上なく下等である。ドクター・フィニッシュが『寅』の戦士に対して言った『十二大戦を乗っ取る』というのは、基本的には時間稼ぎのためのトーク術だったが、必ずしもまるっきりの出任せでもなかった。だから砂粒が、いくら和平の道を探ろうとしても、それが達成されることは絶対になかったのだ——十二戦犯の目的は、十二戦士を全滅させることにこそあったのだから。合意点があるはずもない。ただしそれは目的と言うより手段だった——彼らに恨みがあったわけではなく、彼女達は、戦争そのものに恨みがあったのだ。しかしそのためには、何があろうと、何がなんでも、十二戦士を皆殺しにする必要があった——『皆殺しの天才』ではない犯罪者達にとって、それがどれだけ困難な目標であろうとも。

イレギュラーな十二大戦で偉大なる十二戦士を皆殺しにすれば、正規の十二大戦は開催できなくなる——戦士がいなければ戦争はできない。

いわば強制的なボイコットであり、取り返しのつかないサボタージュだ。十二年に一度開催される十二大戦——連綿と続くその一度を潰せば、十二年後の、二十四年後の、三十六年後の、百二十年後の、千二百年後の、一万二千世紀後の戦争を潰したも同じであり、それはまた、これまでの十一回の十二大戦を、等しく台無しにしたのも同じである。もちろん、それぞれに温度差はあった——内部では諍《いさか》いも、不一致もあった。ダンディ・ライオンのように戦う栄誉から脱却できずにいる者もいれば、バロン・スーのように、あわよくば戦士側の数名を仲間に引き入れようという者もいた。死に場所を探している者もいれば、死にたいだけの者もいた。本人達は知るよしもないが――あるにしても、知ろうとも思っていないが――まだ齢若い『山羊』の戦犯と『魚』の戦犯を、サー・カンサーがこの一大計画に選抜した理由は、彼女達が『戌』の戦犯との因縁を持っていたからというのもある。ふたりがどうでもいいと思っていても、向こうが憶えていれば、それは遺恨になる。少しでも勝率を上げるために――実際、結果として、それが勝敗を分ける大きな要素になったわけだが、ともあれ、戦犯側も一枚岩ではなかった。最低限、共通していたのは、『戦争さえなければ』という気持ちであり、そして団結するには、それだけで十分だった。

「『牡羊』の戦犯――『数えて殺す』フレンド・シープ」
「『牡牛』の戦犯――『誓って殺す』ルック・ミー」
「『『双双子子』』のの戦戦犯犯――『『選選択択のの余余地地ななくく殺殺すす』』ダダブブルル・・ママイインンドド」
「『蟹』の戦犯――『紳士的に殺す』サー・カンサー」
「『獅子』の戦犯――『統べて殺す』ダンディ・ライオン」
「『乙女』の戦犯――『仕えて殺す』アイアン・メイ」
「『天秤』の戦犯――『間を取って殺す』バロン・スー」

「『蠍』ノ戦犯――『嫌々殺ス』スカル・ピョン」
「『射手』の戦犯――『狙い澄まして殺す』ウンスン・サジタリ」
「『山羊』の戦犯――『病的に殺す』ゴー・トゥ・ヘヴン」
「『水瓶』の戦犯――『ウエットに殺す』マペット・ボトル」
「『魚』の戦犯――『生かして殺す』ドクター・フィニッシュ」

一枚岩でないのは、十二大戦の運営委員会も、その出資者である『有力者』も同様である――協力者を探し出した。と言うより、その協力者とコネがあったからこそ、そこをよる辺《べ》に、サー・カンサーも老境にありながら、現役復帰を決意したのだろう――第十二回十二大戦出場者の内定情報、及び取り仕切る審判員の情報。招待状の素材からデザインまで。それでも完璧とは言えなかったが、得られる情報はすべて得た。『有力者』からひそかに島をひとつ借りたことで、舞台は整った――戦闘準備は整った。あとは殺し合うだけだった。イレギュラーな団体戦、変則的なチームバトル。

でっち上げのルールを説明し、アンフェアなテーマを言い含め。

そして拍手と共に、真実の戦争を始めた。

5

「ふたりか。終わってみれば、思いの外生き残ったわよね」ドクター・フィニッシュは、実感なくそう言う——実際、実感はなかった。サー・カンサーの立案した作戦は実に多岐にわたり、巨細《こさい》を問わず考え尽くされていたが、それでも戦犯側が勝利する確率は、多く見積もって一パーセント未満だっただろう。さすがに面白いとも思えない、百回戦って、一回勝てれば奇跡というような数字だった——今こうして、ゴー・トゥ・ヘヴンとふたり、水平線に沈む太陽を見つめていることが信じられない。この瞬間にも『ほほほほ！　うちが死んだと本気で思ったん⁉』と、十二戦士の誰かが生き返ってくるんじゃないかとさえ思う——いや、彼らの中に、謎の関西人はいなかったにしても。「生き残っちゃ駄目」と、ゴー・トゥ・ヘヴンが、フィニッシュの感慨を窘《たしな》めるように言った——セカンドオピニオンのように、戒めるように、窘めるように。「私達も死ななきゃ」「ああ……、そうだったね。死ななきゃ」忘れるところだった、とても大切なことなのに。

終戦後に自殺するのが、犯罪計画の総仕上げだ。

十二戦士を殺しても、その結果、まかり間違って十二戦犯が、英雄みたいに祭り上げられたら本末転倒なのだ……、まかり間違っても何も、たとえば切り裂きジャックのように、犯罪者が英雄視されるような傾向は、特に珍しくもない──『むしゃくしゃしてやった』犯行が、時代を反映した、思想のある大手柄のように語られることだけは避けなければならない。色物キャラならまだしも、人気キャラになんてなりたくない。そういう意味では、この戦争は勝者不在でいい。勝者がいなくとも、犯罪者がいれば、それでいい。だから、最初にメンバー全員で決めていた。勝とうと負けようと──生け捕りにされようと──、最後には全員、死んで終わろうと。そんな誓いが十二戦士──主に砂粒──の計算を狂わせた。『死んでもいい』と思っている決死隊じゃない──『やっと死ねる』と思っている死に体だ。命を数字のように扱えたのも、それが理由──『命をなんだと思っているんだ』という質問には、だからこう答えられる。命は消耗品だと。こうして砂浜でたそがれていても、迎えの船なんか来ない。全員が片道切符で、この島に来た。「ここでだらだら生き残ってたら、補欠だか予備だかで、わたし達が十二支の戦士に選ばれちゃうかもしれないものね。わたし達の劇場型詐欺に気付いた運営委員会が、本物の審判員を送り込んできたら、それこそことだし──秘薬『ワンマンアーミー』でメンタルが強化されて、死ぬ気がなくなっちゃうんじゃないかって心配してたけれど、そんなことはなさそうだね。賢くはなれても、まともにはなれない。わたし達はそういう奴だってことか」「そう。私達も、いないほうがいい」「第一、現代じゃあ、戦災や犯罪被害で死ぬ人間よりも、自殺で死ぬ人間のほうが多いって言うもんね。楽に死ねる薬と苦しんで死ねる薬、どっちがいい?」「薬よりも地雷を使いたい。あちこちに仕掛けたのに、結局、誰も踏んでくれなかったし」「残念だったわね。調査に来る運営委員会の誰かが踏んでくれるといいね。そうだね、じゃあせめて、わたし達が踏もうか。自殺賛美にならないよう、うっかり間違って踏んじゃった感じにしようよ」「それ、ダサさ最高」「だよね」そうは言い条、実際にはもう既に、とんでもない地雷を踏んでしまっているようなものだ——なにせ無許可で、勝手無体に十二大戦を開催してしまったのである。筋を通さないその余波が、サー・カンサーの計算通りに行くだけとは思えない。なんだかんだ言って、当初の計画から大幅に変更を余儀なくされた部分も多くある——畏敬される戦士がただの犯罪者に全滅させられて痛快だと感じたが、案外、これは痛恨なのかもしれない。戦争は、こんなことではなくならないのかも——戦士の不在が、よりとんでもない乱世を招いてしまうことになるのかも。行く末は不明だ、たとえこの先に、どんなルートが何億通りに広がっているのだとしても、彼女達はこの分岐点で、無責任にも全部投げ出して、死ななければならないのだから。(『戦争さえなければ』なんて常套句《じょうとうく》は、所詮言い訳だ——戦争がなくったって、わたし達はきっと、犯罪者になっていただろう。少なくともすべてを戦争のせいになんてできるものか)ひとつ確かに言えることは、『戦争さえなければ』

『戦争さえなければ』『戦戦争争ささええななけけれればば』『戦争さえなければ』『戦争さえなければ』『戦争さえなければ』『戦争サエナケレバ』『戦争さえなければ』『戦争さえなければ』『戦争さえなければ』と、おのおのがおのおのの前科に基づき、ずっと思い続けてきた忌まわしき犯罪者達は、異端の十二大戦を通じて。

戦争がなくなりますように。

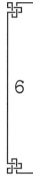

そう願えるようになったということだ。「じゃ、死のっか。自分で自分を殺そうか」「自殺じゃなくて自決って言いたい。自分で決めたことだから」「いいね、それ。ダサさ最高。そう言えば、自分で何かを決めたの、生まれて初めてだよ」「ねえ、もしもどんな願いでもひとつ叶うなら、ヘヴンは何を願う?」「学校に通ってみたい」「ふうん。学校って何?」

6

どんな願いでもたったひとつだけ叶えることができる十二大戦と、どんな願いでもたったひとつさえ叶うことのない十二大戦——十二大戦と十二大戦の対戦は、かように完結した。戦士と戦犯はひとり残らずいなくなった。戦争と犯罪は、まだなくなっていない。

（戦士0——戦犯0）

（十二大戦対十二大戦——終）

◆初出：十二大戦対十二大戦　書き下ろし

十二大戦対十二大戦

2017年12月17日　第1刷発行

小　説　西尾維新
イラストレーション　中村光

装　丁　Veia 山口美幸・兼田彌生
担当編集　渡辺周平
編集協力　長澤國雄
編集人　島田久央
発行者　鈴木晴彦
印刷所　図書印刷株式会社
発行所　株式会社集英社
〒101-8050　東京都千代田区一ツ橋2丁目5番10号
電話　編集部／03(3230)6297
読者係／03(3230)6080
販売部／03(3230)6393《書店専用》

Printed In Japan　ISBN978-4-08-703440-0　C0093
検印廃止

小説
西尾維新
子
丑
寅
卯
辰
巳
午
未
申
酉
戌
亥
小説
十二大戦
書籍&電子書籍で
絶賛発売中!!
イラストレーション
中村光
JUMP j BOOKS B6判

「少年ジャンプ＋《プラス》」にて
連載中!!
原作 西尾維新
キャラクターデザイン 中村光
漫画 暁月あきら
十二大戦
【コミカライズ】
第②巻
2018年1月4日㈭
発売予定!!

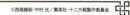